我把临高当故乡

—— 部分外地历任临高县级领导干部的心声

临高古今精英

海南省民间文化研究会
临高县民间文化研究协会

王贵章　主编

百花洲文艺出版社
BAIHUAZHOU LITERATURE AND ART PRESS

图书在版编目（CIP）数据

我把临高当故乡：部分外地历任临高县级领导干部的心声/ 王贵章主编. 一南昌：百花洲文艺出版社，2022.1
ISBN 978-7-5500-4590-3

Ⅰ. ①我… Ⅱ. ①王… Ⅲ. ①回忆录－作品集－中国－当代
Ⅳ. ①I251

中国版本图书馆CIP数据核字（2021）第279678号

我把临高当故乡：部分外地历任临高县级领导干部的心声
WO BA LINGAO DANG GUXIANG:
BUFEN WAIDI LIREN LINGAO XIANJI LINGDAO GANBU DE XINSHENG

海南省民间文化研究会　临高县民间文化研究协会　编；王贵章　主编

责任编辑	胡青松	
书籍设计	陈　军	
制　作	陈　军	
出版发行	百花洲文艺出版社	
社　址	南昌市红谷滩新区世贸路898号博能中心一期A座20楼	
邮　编	330038	
经　销	全国新华书店	
印　刷	济南普林达印务有限公司	
开　本	787mm×1092mm　1/16	
印　张	13.5	
版　次	2022年1月第1版第1次印刷	
字　数	212千字	
书　号	ISBN 978-7-5500-4590-3	
定　价	68.00 元	

赣版权登字　05-2021-319
版权所有，盗版必究

邮购联系　0791-86895108
网　址　http://www.bhzwy.com
图书若有印装错误，影响阅读，可向承印厂联系调换。

　　2017年7月19日下午,本书顾问王冠英(左)、主编王贵章(右)在临城悦来登酒店拜访海南省人民政府原副省长,临高县委原副书记、县人民政府原县长刘名启(中)。

　　2017年4月18日上午,本书主编王贵章(右)在海南农垦总局拜访海南省农垦总局原副局长、临高县委原书记符孟彪(左)。

　　2017 年 4 月 25 日下午，本书主编王贵章（右）在海口市南沙温泉大酒店拜访临高县委原书记、县人民政府原县长黄良胜（左）。

　　2017 年 6 月 1 日上午，本书主编王贵章（右）在海口市华洋公寓拜访原海南行政区一轻工业局原副局长，临高县委原书记、县人民委员会原县长王岳青（左）。

2017 年 5 月 15 日晚，本书主编王贵章（右）在海南广播电视大学拜访海南广播电视大学原副校长，临高县委原副书记、县人民政府原县长李茂中（左）。

2017 年 5 月 15 日下午，本书主编王贵章（右）在海口市琼山区政府住宅大院拜访原琼山市人大常委会主任，临高县委原副书记、县人民政府原县长朱堂生。

　　2017 年 6 月 28 日下午，本书顾问王冠英（右）、主编王贵章（左）在中国热带农业科学院拜访中国热带农业大学、中国热带农业科学院原党组副书记，临高县委原副书记、县人民政府原县长欧阳顺林（右）。

　　2017 年 8 月 6 日上午，本书主编王贵章（右）在海口宇海小区富隆公寓拜访海南省渔业监察总队原总队长，临高县委原副书记、县政协原主席戴俊生（左）。

　　2017年6月6日下午，本书主编王贵章（右）在琼海市昌隆饭店拜访临高县政协原主席陈雄（左）。

　　2017年6月7日下午，本书主编王贵章（左）在澄迈县城拜访临高县委原副书记、临高县人民政府原常务副县长郑平宣（右）。

　　2017 年 6 月 7 日上午，本书主编王贵章（右）在海口市海府路原省委机关大院住宅西区拜访临高县委原常委陈玉文（左）。

　　2017 年 9 月 12 日上午，本书主编王贵章（右）在海南省经济合作厅住宅小区拜访省经济合作厅原助理巡视员，临高县委原常委、县委组织部原部长张德智（左）。

　　2017年6月1日下午，本书主编王贵章（左）在海口市银通花园拜访海南省农业学校原副校长、临高县委原常委陈文笃（右）。

　　2020年3月29日上午，本书主编王贵章（右）在东方市八所镇拜访临高县委原常委、县纪委原书记张鸿兴。

2017 年 8 月 16 日，本书主编王贵章（左）在海口六合大厦拜访临高县政府原副县长、临高县委原常委、临高县委统战部原部长、临城镇委原书记林宏杰。

2017 年 9 月 12 日下午，本书主编王贵章（右）在海南省海洋与渔业监察总队拜访省海洋与渔业监察总队副总队长、临高县委原常委、县委组织部原部长李洪澜（左）。

2017 年 6 月 16 日，本书主编王贵章（左）在儋州市白马井镇新市村拜访临高县人大常委会原副主任林国英。

2017 年 6 月 17 日下午，本书主编王贵章（左）在临城政法小区拜访临高县人大常委原副主任王善富（右）。

2017 年 6 月 27 日上午，本书主编王贵章（左）在琼海市万泉镇沐皇村拜访临高县人民政府原副县长、县人大常委会原副主任王国建。

2017 年 6 月 22 日下午，本书主编王贵章（左）在儋州市拜访琼中县政协原主席、临高县人民政府原副县长曾令锦（右）。

　　2017 年 6 月 20 日上午，本书主编王贵章（左）在海口市京航大酒店拜访定安县人大常委会原主任，临高县人民政府原副县长黄守宏。

《临高文化丛书》总序

　　滔滔文澜江，巍巍高山岭，蔚蓝色的大海，金黄色的港湾，绿油油的田野，承载着千百年来物华天宝、人杰地灵、美丽富饶的北部湾明珠——临高。

　　临高，位于海南岛的西北部，东邻澄迈县，西接儋州市，距省会海口市75千米，是海口与洋浦的交集区。临高海岸线长71千米，东西宽34千米，南北长47千米，总面积1317平方千米，总人口50万。临高阡陌纵横，物产丰富，是遐迩闻名的鱼米之乡。

　　临高历史悠久，文化灿烂。汉元封元年（前110年），临高正式列入汉朝版图。隋大业三年（607年）建县，至今已有1400多年的历史。它以巨大的包容心对各种优秀文化兼收并蓄，外来文化艺术在此碰撞、积淀，形成了独具魅力的临高文化。2003年，临高被命名为"中国民间艺术之乡"；2006年，临高人偶戏被国务院正式列入第一批国家级非物质文化遗产保护名录；2011年，临高渔歌"哩哩妹"又获列入第三批国家级非物质文化遗产保护名录。

　　文化是民族的血脉，是经济发展的精神源泉。临高能不能持久繁荣和发展，文化是原动力。没有文化支撑的社会，就好比没有根基的大厦。发展理念、空间形态、文化建设，已成为地方发展的三大核心要素。近年来，临高经济社会迅速发展，文化对经济的推动功不可没。

　　党的十七届六中全会站在中华民族伟大复兴的高度，发出了"推动社会主义文化大发展大繁荣"的进军令，海南省委、省政府作出了推动海南文化大发展大繁荣的战略部署。我们要认真贯彻落实党的十七届六中全会精神和省委、省政府的战略部署，充分认清大力发展临高文化的重要性和紧迫性，以高度的文化自觉和强烈的使命担当，以满足人民群众精神文化需求为出发点和落脚点，以改革创新为动力，进一步激发文化创造活力，以更加有力的举措和更加自觉的行动推进文化建设，为建设富裕临高、活力临高、宜居临高、和谐临高、幸福临高提供精神动力和文化条件。

真实的生活比种种虚构都更加精彩，但是要将现实移植到纸面，却需要某种坚定的努力和特别的技巧。虽然在网络盛行的时代，展示地方形象的渠道很多，可以说很畅通，但也相当随意，而进入书本储存下来的应该是严肃认真的，是可以流传于世的，是网络无法替代的。临高县民间文化研究协会的同仁是一些不计功勋的金银匠，在生活的尘土中收集"金屑"，打造"金蔷薇"般美丽的花朵。他们在生活中提炼生活，在历史中纯粹历史。他们以高度的文化自觉和强烈的使命担当调动民间参与的热情和力量，挖掘整理编纂出版《临高文化丛书》，让临高的秀水丽山、深厚历史、红色传奇、杰出人物、优秀伦理、名胜古迹、特产美食、淳朴民风等展现在世人面前，极大地提高了临高的知名度和美誉度，让更多的人了解临高、走进临高、热爱临高、建设临高，这不失为一件很有意义的工作，可谓功在当代、利在千秋。因而，我在祝贺《临高文化丛书》出版的同时，还希望更多的有识之士为推动临高文化大发展大繁荣贡献自己的聪明才智，让大美临高插上文化的翅膀，飞出海南，飞向全中国，飞向全世界。

是为序。

2012 年 2 月 13 日

（陈成为海南省政府原副省长、海南省政协原副主席）

写在前面的话：悠悠临高情

巍巍高山岭，滔滔文澜江。在这片有着光荣革命传统的红土地上，一批批外地领导干部伴随共和国的光辉历程，为临高的建设与发展呕心沥血，忘我工作，作出了不可磨灭的贡献。

这些领导干部在临高工作期间，立足临高，服务临高，做出了骄人的业绩。他们和勤劳的临高人民同甘共苦，一起奋斗；他们如同天空灿烂的群星，熠熠发光，在临高大地留下深深的足迹。

我们收录这些领导干部的点点滴滴，其目的是学习他们对事业忠诚和执着追求的崇高情怀；学习他们尽职尽责、争创一流的敬业精神；学习他们公而忘私、乐于奉献、舍小家顾大家的高风亮节；学习他们坚韧不拔、不懈努力的优良品德；学习他们淡泊名利、艰苦奋斗的高尚情操；学习他们不断进取、积极探索、求实创新的开拓意识。

"老骥伏枥，志在千里"。这些领导干部虽然离开了临高，但他们心系临高，情牵临高，时刻关注临高的发展与变化，对临高的经济社会建设寄予殷切的期待。

临高的发展历史，是一部励精图治、锐意进取的奋斗史。从这些领导干部的身上，我们不但看到临高过去的辉煌，而且还看到临高的未来与希望，并鼓舞着我们以更大的信心和热情为建设富裕文明美丽临高作出新的更大贡献。

编者
2020 年 3 月

目　录

我把临高当故乡
——部分外地历任临高县级领导干部的心声

临高古今精英

古代精英

近代精英

现代精英

我把临高当故乡

——部分外地历任临高县级领导干部的心声

《我把临高当故乡——部分外地历任临高县级领导干部的心声》编纂机构及人员

总 顾 问：符秀选

顾　　问：王冠英　袁运奇

主　　编：王贵章

副 主 编：王红灵　王杰圣　王明晋　王振声　孙　雄

　　　　　许　宇　许　越　许　斌　吴孝俊　邱王坚

　　　　　张吉亮　陈干劲　陈聪晓　林继怀　欧丽妹

　　　　　唐　凯　黄　颖　符林海

编　　委：（以姓氏笔画为序）

　　　　　王小芳　王小亮　王小敏　王少海　王月江

　　　　　王宝中　王信隆　王莹莹　王婉佳　王禄辉

　　　　　方小统　邓小靓　刘彬宇　许　辉　许克知

　　　　　许国慧　许送转　许晶亮　孙　莹　吴梦姣

　　　　　张永花　陈　俊　陈忠圣　陈建林　林　强

　　　　　袁志城　袁志衡　桂伍芳　翁　滔　唐　俊

　　　　　符开炳　符志成　曾祥河

编写人员：（以姓氏笔画为序）

　　　　　王明晋　王贵章　袁运奇

编辑说明

　　本书收录了 22 位非临高籍历任临高县级领导干部的回忆文章。依据史家通例，调离临高后提拔为省、军级以上的领导，其回忆文章排列在前面，其他领导的回忆文章按时任临高县委书记、县人大常委会主任、县人民政府县长、县政协主席、县委副书记、县委常委、县人大常委会副主任、县人民政府副县长、县政协副主席为序。职务相同者，按在临高任职先后为序。

编者

2020 年 3 月

忆临高工作的二三事

海南省人民政府原副省长、临高县人民政府原县长　刘名启

一九八六年春天，我调往澄迈县担任县委书记，离开了临高，距今已三十一年了。新时代的临高县，物转星移，万象更新，已然今非昔比。然而，在我的心中，不变的是那一份热爱人生第二故乡临高的情怀。

前不久，临高县委统战部王贵章同志向我约稿，希望我能把临高工作的亲身经历和感悟写下来。缘于记住乡愁，不忘初心，我欣然应诺了。

岁月如流，人生难再。能够留下的，也许就是一些用诚挚的心写下的文字。这篇经过细心思考和自己捉笔写就的回忆文章，如果能够让当年的临高同事阅读之余，开怀一笑，延年益寿，吾心足矣！如果能够发挥一点"还原历史，启迪后人"的作用，政声人去后，更是一神意外的欣喜！

上任后的第一把"火"

一九八三年九月，我从海南区党委农村工作部副科长的岗位上调任临高县委副书记、代县长。时年三十八岁。人们常说：新官上任三把火。要做的头件事究竟为哪桩呢？

记得那年国庆节假日刚过，十月二日上午我提着简单的行李到临高报到，下午到县政府办公室熟悉干部、了解情况。时任县政府办主任张治平，副主任徐光保、王家柱等人分别向我介绍了临高县的政治、经济、文化、教育等方面的历史和现状。我认真地做了记录。座谈结束后，我们又到县委大院各处走一走。那时的县委大院，大猪小猪满街跑，卫生状况很差，特别是大院内的公共厕所，里面蹲位塞满杂物，内墙涂满漫画，不堪入目；外面公厕入口处，垃圾堆积成山，内外臭不可闻。当时大院内不少家庭没有内设卫生间，这里是唯一供大家使用的公共卫生设施。这样的卫生环境，无疑会对机关干部生活和健康带来严重影响。

我暗下决心：头件事就从这里抓起！我对分管内务的王家柱说："家柱同志，请您尽快与县四套班子办公室协调一下，并就三件事和各办领导商量：一是大院划分卫生责任区，落实各办责任，二是制订大院公约，提倡生猪圈养，明天起禁止生猪上街，为全县城做出榜样；三是明天下午大院各机关单位除个别特殊岗位外，全体干部停止办公参加卫生大扫除。"家柱点头赞同。县四套班子办公室的头头们很快统一了认识，并做出相应的动员和决定。正式上班的第一天，我穿着便装，挽起裤腿，拿着劳动工具，参加县府办这一组的义务劳动。县府办的责任区在公共厕所这一区域，是"卫生的重灾区"，但这一组人数最多。我和大家一起，清理垃圾，掏掉蹲位杂物，用石灰水粉刷公厕内外墙，垃圾清掉拉走后，铺上洁白的河沙，电工还给公厕拉上了电灯。干部们汗流夹背，衣服弄脏了，但大家欢声笑语，劳动场面十分感人！有一位干部当天上午出差在外，晚上回县，发现大院内面貌有了变化，便问别的干部是怎么回事，被问的干部答非所问的回答："新县长今天上任了！"多好的临高干部啊！一句话表达了大家对我的殷切期望！我顿时感到自己肩上的重担沉甸甸的。

把下马的项目再扶上马

一九八四年新年刚过，县里接到上级文件称："临高县龙力糖厂项目下马停建"。县经委主任符志超拿着文件，垂头丧气地对我说："龙力糖厂项目下马停建了，一年的工作全部泡汤了"。原来，县经委根据临高适合大力发展甘蔗的实际，规划全县种植二十五万亩甘蔗，新建日榨两仟吨的龙力糖厂。通过发展新工业产业，让农民增收，又可以扩大就业，增加县地方财政收入。经过一年的规划、设计，并已申报上级批准，原则同意龙力糖厂一九八四年二月动工兴建。项目突然下马停建的原因有二个：一是一九八四年起新建工业产业实行"拨改贷"，原来计划经济时期依靠政府拨款，改由新创企业作为经济实体向银行贷款，并负责偿还。二是当时海南属广东省管辖，广东省地震局认为临高县地处琼北地震带，兴建龙力糖厂须按八级地震设防，经过核算，项目建设成本增加一倍。在"拨改贷"的新体制下，难以收回建设成本，无法偿还银行债务，因此项目下马停建。听完符志超同志的汇报，我明白了问题的症结。当日赶赴海南行署分管领导处，向他陈述了临高县发展新工业产业的重要性和迫切性，感动了海南行署分管领导，同意近日带我上广州向省局报告实情，争取项目再上马。回到县城，我向符志超主任表达了县政府决不轻言放弃的决心，坚定了县经委的信心和勇气。稍做准备之后，志超同志带上助手约我赶赴广州，我们选择住在海南铁矿招待所，在那里静候了三天，自己买米买菜，请楼下地摊一位老太太代煮煲仔饭。机会终于来了，海南行署分管领导带我们拜访省地震局。临行前，领导嘱咐要大胆表达自己的意见，我会心地点了点头。见到省局领导，我就开门见山说开了。记得当时这样说的：省地震部门要求龙力糖厂按八级地震设防是过度设防，一是科学依据不足，地震带的划定依据是地震板块学说，而板块学说仅是一个相对真理。地震带会有地震，非地震带也有发生地震的记录。二是龙力糖厂按八级地震设防，而临高全县民用建筑都在七级以下设防，一旦发生震情，全县民房都倒塌了，只剩下一个糖厂究竟有多大意义？最后，我恳求省局体谅实情，批准龙力糖厂按七级地震设防，并说让我在文件上签字，一切后果由我一个人承担。省局领导显然被我上述的话激怒了，他连声斥责我愚蠢！无知！海南领导开始讲话了，他一方面批评我狂妄，在领导和专家面前胡说八道，一方面又请省局领导体谅当县长的难处。特别强调海南经济很落后，工业更是一片空白，上一个项目实属不易。最后他用商量的口气对省局领导说："省地震局的意见应该得到贯彻，龙力糖厂地震设防应该保持一个八字。可否按八级以下设防标准批复？请省局领导考虑！"省局领导终于露出笑容，称赞海南区领导有智慧，并明确表示："就按八级以下设防标准规划建设。"会面气氛虽然紧张，但效果却出人意外。临别时，我握着省局领导的手，真诚地做了检讨和道歉。上级批文很快下到县，下马的项目又上马了。县委、县政府很快成立县龙力糖厂建设指挥部，郑平宣副县长任指挥长。在建设龙力糖厂过程中，我们对项目设计做了调整，关键部位还是提高了设防标准，建设成本增加五十万元左右。一九八五年至一九八六年榨季，县龙力糖厂顺利投产。这个榨季全县甘蔗种植二十五万亩，达到历史最高水平，蔗糖产量翻了一番，扩大就业三百多人，地方财政收入明显增加。

县城一号桥扩建竣工仅用四个月

一九八五年春节刚过不久，县城各中、小学陆续开学。一则突如其来的不幸消息震惊全县。原来当时的文澜江县城河段只有一座桥，现在叫一号桥。那时旧桥桥面狭窄，只有往来各一条通道。过往的车辆人流拥堵在一起，惊险事故时有发生。那一天中午时分，临高中学和附近中小学放学，上百学生和车辆人流同时拥上桥面，一台拖拉机不慎撞倒一名临高中学的女生，老校长闻讯赶来，抱起不治身亡的遇难女生在桥上痛哭一场。得到这个消息后，我坐立不安。百姓的要求就是政府的重要工作。必须尽快扩建一号桥！我立即报告县委书记何焕昭同志，他当即批示抓紧落实。县政府有关部门经过论证规划，及时拿出了预算和施工方案。县人大常委会及时批准了县政府的报告。所有程序仅用二十天。四月中旬一号桥开工扩建，八月初拆架，中旬正式通车。施工整整四个月期间，临高县域内没有下过大雨，直到拆架完毕，才下了一场大雨，上游汹涌的洪水从一号桥下奔流入海。今天想起来，真要感谢天公作美，推迟汛期，否则后果不堪设想。

小开发干大事业

我们那一届县政府领导班子一正四副。郑平宣资历深，工作经验丰富；许忠泰学历高，在干部群众中威信也高；文积超办事专业，为人正派；曾庆钊年龄与我相仿，经常深入基层。四位副县长与我既是搭档又是战友。那时县机关办公用房十分紧张，我们五个人一人一桌一椅，拥在一间不到四十平米的房子集体办公。郑平宣常务副县长分管的外经委，是改革开放中新成立的行政机构，他们改革开放有突破，产业发展有亮点。黄进道主任把外经部门那几年赚的钱作为产业发展基金，不仅投资县进出口养虾基地，还要求县政府征用土地，让他们投资建标准厂房，吸引外商在临高办厂。县政府及时批准县外经委的申请报告，在县人民医院后面征地一百三十六亩，交给县外经委建标准厂房。有了这些基本条件，外商投资办厂的积极性高涨。香港有两家企业在临高办了几个工厂，产品有西装、仙女牌胸围、三羊牌电视机。临高县因此获得全岛市县第一个出品西装，第一个出品电视机等几个"第一"的美誉。解决了一大批城镇居民的就业，外经企业收获丰厚经济效益，地方财政也增加了财源。小开发区干大事业，是一次创办开发区的成功尝试。它让我明白，企业和百姓是创造财富的主体，政府是创造良好社会环境的主体。政府通过廉洁高效的服务为企业发展创造条件，应该做好温暖民心的实事。我到澄迈县任职后，把临高县办开发区的经验运用到老城开发区，亲自抓组建老城经济开发区管委会，首位管委会主任就是临高县原副县长张孟清同志。管委会发挥了政府的主体作用，为老城经济开发区的发展提供了有力的保障。经过历届澄迈县委、县政府的不懈努力，老城经济开发区已升格为省级开发区，近年国民生产总值近四百亿元，一个镇的财政收入几乎等于一个中等县。

主动拆除违章建筑的竟是"钉子户"

随着社会经济的快速发展，临高县城要求改善居住条件的百姓越来越多。然而，当时土地供给和规划投资机制尚未形成，县城违章建房的现象愈演愈烈。县城露天电影院旁有一块三百多亩的空地，县城规划属公共绿地。不到一个月的时间，几十户百姓在这里违章建房，他们有的正在挖地基，有的墙体已出地面，有几间房已盖好即将入住。社会顿时议论纷纷，有的表示支持，有的坚决反对。管还是不管？不管则乱，管则引起利益冲突，产生纠纷。县政府对此高度重视，县政府常务会经过认真分析评估，一致决定必须坚决处置违法乱建的行为，维护城乡建设的市场秩序。但当时无案例可循，更无依法处置的工作经验。我带着这些问题，登门请教时任县公安局长黄声增同志，他首先认真听取情况介绍和县政府对处置问题的利弊分析和评估，建议县政府先发布几道行政命令，刹住乱建的气焰，最后才出动综合执法队伍，坚决拆除违章建筑，县公安局再出警保护执法现场的安全。声增同志的建议不仅体现对政府工作的支持，更让我学到依法行政的工作思维和方法，并对我日后主政澄迈、三亚大有裨益。我以县人民政府的名义先后向社会发布一号、二号、三号令，一号令责成立即停止一切违章建房；二号令责成自行拆除；三号令公布强拆日期，并明令违法者一切后果自负。每隔五个工作日发布一个行政命令。此时，全城所有违建工程均已全部停工，但未见一处自行拆除。人们心存侥幸、观望。明天强拆日期已到。县拆除违章建房指挥部指挥长梁君雄告诉我：大型机械已进场，执法队伍已动员组织好，与县公安局出警队伍已建立紧密联系。万事俱备，请县长放心！在行动前夜，谁敢高枕无忧？当晚我带上几名本地干部，针对"钉子户"做专题了解。实际情况是："钉子户"姓李，全家十多口人，只有一间不到四十平米旧平房，破漏不堪，因为房窄，一家人睡觉轮着来。户主六十多岁，体弱多病，是一位曾经在朝鲜战场上浴血奋战的志愿军退伍老战士。经过调研，"钉子户"实际是住房"特困户"，更是人民政府应该重点抚恤的光荣军属。我当即派一位本地得力干部到他家，一方面表示违章建房必须坚决拆除，一方面阐明党和政府关心军烈属及"特困户"的政策，作出解决具体问题的承诺。从而解开了"钉子户"的心结，全家破涕为笑，表示愿意主动配合拆除违章住房。强拆日早上，当执法队伍进场时，"钉子户"的房子已拆除完毕，在场许多人都感到意外。其他半拉子工程，大型机械启动，立即夷为平地。风波过后，竟未见一户申诉和上访。事后我重温毛主席教导的一句话"政策和策略是党的生命，各级领导同志务必充分注意，万万不可粗心大意。"依法依规讲政策固然重要，一切从实际出发，合情合理讲策略也不可忽视。

衷心祝福临高更加灿烂辉煌；衷心祝福临高人民幸福安康！

2017 年 6 月

编者附记：刘名启，男，汉族，中共党员，1944 年 11 月 14 日出生于广东省普宁市里湖镇河头外洋村，普宁市里湖中学第三届学生。1968 年 12 月毕业于华南师范学院中文系并获复旦大学经济学硕士学位。历任公社党委副书记、书记，海南区党委农村工作部副科长，临高县委副书记、代县长、县长（在临高县担任县领导期间：1983 年 9 月—1986 年 3 月），澄迈县委书记，三亚市人民政府市长、市委书记、兼任三亚军分区党委第一书记，海南省人民政府副省长，国务院港澳办副主任，中央人民政府驻澳门中联办副主任，中国南方航空公司党组书记、副总经理等职，2005 年 10 月退休。

中国共产党第十四次全国代表大会代表。

感念临高

中共临高县委原书记、海南农垦总局原副局长　符孟彪

　　如果一个地方值得你深情怀念，那么不是你为它付出过许多，就是它给予你许多，对我来说，应该是二者兼有吧，这个地方就是我行思坐忆的临高县。

　　其实，我也是临高人，祖籍新盈镇昆社村，不过移民在外已逾上百载。一九八九我奉命调派临高，叔伯们都很高兴，嘱我要好生为故乡百姓服务。可是那时的临高，情况十分复杂，有这么两件事给我触动很大，一是前不久发生过的震惊海内外"银川马戏团被殴事件"，二是梁湘省长亲自主持召集 20 多位厅局领导专门研究解决当年全省财政最困难的临高县解困问题。而我由于长期在农垦工作，对地方许多事务都很陌生。面对这种情况，当然不能"下车伊始"，在那刚上任的二十九天内，我一不开大会，二不下指令，坚持多走、多看、多问、多思，参看本县的大批资料，走访了十七个乡镇，历史和现状提示我，临高之所以出现这样那样的众多问题，其主要在于本地社会经济基础过于薄弱，欲图日后发展，务必从打基础做起，切不可急于求成。于是从那时起，我从不奢望在故乡能做出什么隆隆烈烈的事情，只想脚踏实地地为后人打下一个好点的基础，做好日后大发展铺好垫。即使在一九九三年换届我继任县委书记时，许多同志认为临高已打了近四年的基础，可以进入大发展阶段，但我仍然不改初衷，党代会的报告依然以打基础做为未来工作的基调。

　　思想是打基础工作的先导。人们无论做任何事情，都是先有思想，后有行动。要打好基础，就得从统一思想入手。一是要解决好稳定与发展改革的关系。那时临高社会治安环境很差，群斗、凶杀连绵不断，抢窃，偷盗屡禁不止，省内许多地方甚至到了谈其色变的地步。调研中，我觉得，没有社会的稳定，一切都是无从谈起。于是我们召开了三级干部会议，把稳定作为当年该县"压倒一切"

的首要任务，我甚至坚持坐镇县公安局近三个月，直接参加全县维稳的决策，组织了多次专项斗争，迅速遏制了全县治安环境恶化的趋势，推动和维护了社会的稳定，为社会经济发展提供了较好的环境；二是努力提高人们的商品意识。那时，也许是出于本地治安环境恶化，"种豆不得豆"，也许是出于小农封闭的意识，人们的商品意识很低，许多地方还处在自给自足的状态。要加快本地的经济发展，必须要强化人们的商品意识，大力发展商品生产。于是全县开展了学习《十二届三中全会决定》的思想教育，使大家认识到商品经济是充分发展社会主义经济不可逾越的阶段，是党在社会主义初级阶段的重要任务，通过全县党内的民主生活会，使每个党员都要立志充当发展商品经济的排头兵、带头人。以此同时，县里还积极创办了南宝和美台两个蔬菜基地典型，较快地带动了全县大力发展商品基地的势头；三是正确认识和处理好开放开发与发展传统产业的关系。那时恰逢海南刚建省，全民情绪激扬，企望开放会带来全新面貌，于是县里可以说是全民招商，无暇顾及其他，甚至出现多起招商引资受骗事件。面对这种情况，县委果断决定进行"继承和发展"的讨论，学会"穿衣服"的学问（即从都想穿新衣裳，但没做好之前，还不能脱光旧衣裳）。一九九０年换届时，党代会报告第一次提出了本县现阶段必须坚持"混合发展"的路子，新旧并举，以新促旧，以旧固新，从而理顺了开放开发与抓好传统产业改造发展的关系，并规定了乡镇和县里的相关部门要把精力主要放到农村、农业发展和传统工商企业改革管理上来，迅速地促进了县里经济发展的势头。

稳定是前提。社会稳定是改革发展的前提。县委为了维护全县稳定的局面，采取了多项综合治理的措施。一是在我到任后的 29 天，第一次出动了公、检、法全部干警依法制止了美良镇和新盈镇之间的凶杀抬尸案，有效地遏制了当时连续发生 30 多期凶杀抬尸闹事成风的恶劣现象，使人们真正认识到以法治县才是真正长治久安的保障。从此以后临高再不出现过凶杀抬尸闹事的案例；二是大力发展收缴枪支凶器的打击活动，经过近一个月的专项斗争，全县共收缴抢支、凶器一万一千多件，从源头上有效控制了恶性治安事件的发生；三是通过开展综合治理试点，推动全县群访群治机制的形成。当年县委在皇桐乡开展了声势浩大的"护蔗"试点活动，乡、村两级都建立了社会治安责任机制，组建乡村联防队和制订乡规民约等措施，形成社会治安人人有责的机制。既保护了农业成果，又维持了社会治安，为全县全面推行群防群治机制提供了很好的典范。随后县公安局和各乡镇相仿而行，县公安局成立了"打击车匪路霸"和"护林保胶"指挥部，临城镇建立了全省县城第一支巡逻队，各乡镇都组建了联防队伍，全县真正形成了群访群治的局面；四是通过举办全省第二届中学生运动会，进一步巩固全县维稳的成果。一九八九年底，关于要不要承办全省中学生运动会，许多同志迟疑，担心者甚多。县委认为全县已有了前段时间社会治理的基础，而且本县民间历来有较强的集体荣誉意识，这种关乎全县声誉的事情，必会得到全民的支持，更重要的是全县必须通过这么一次难得的社会性大型活动的机遇，挽回临高在社会上的不良影响，为将来改革开放创造良好的环境形象。于是，县委决定在财政十分困难和治安环境还不够确定的情况下，果断决定接受承办权。事实证明，这次活动在临高县是具有历史作用的，为本县的开放改革产生了重大的环境影响。

农业是基础，通过初步总结，我认为临高县是农业大县，农业是全县人民赖于生存的重要基础，没有农业的稳定，就没有全县的稳定，没有农业的发展，就没有全县的发展。县委要把更多的精力下功夫在农村、农业发展上。一是要切实加强农业的基础设施建设。临高当年在财力十分困难的情况下，每年都勒紧裤带，坚持不新建房，不新修路，全力保证水利和农田综合治理措施的投入，而且由机关带头，动员社会一切力量支援农业基础设施的建设，迅速地改变了全县农业生产的条件，为农业发展，农民致富打下了坚实的基础。二是积极调整农业产业结构。水稻是临高农业的主要产品，但是由于多年品种和栽培技术的原因，年产低，产出少，为了改变这种现状，当时也有人试验过引进台湾的所谓"富强一号"，但实践说明是不成功的，当时县委顶住压力，果断决定引进杂优稻，使全县的水稻生产发生了翻天覆地的变化，并成为全省杂优稻种子的主要供给区。其次是改良甘蔗品种，扩大甘蔗种植面积。临高是传统的甘蔗生产区，但由于种种原因，从 1985 年后逐步减产，直至 1989 年全县甘蔗产量不到 10 万吨，县委通过多渠道融资，引进新品种，扩大种植面积，使全县甘蔗产量提高到创历史的 20 多万吨，再次是积极发展多种经营，农民要真正致富要走多种经营的道路。当年县委不仅建立蔬菜示范基地，而且大力发展香蕉等果业和养殖业，使全县出现了"因地制宜"、"八仙过海"发展多经营的局面。

渔业是临高农业的重要组成部分，也是临高农业的优势产业。当年由于有些人认为渔业没有税收，对县财政无贡献，因此，县里都采取自流放任的态度。不仅全县渔业产量逐年下降，而且渔业事故频繁发生，仅 1988 年因海事死亡人数高达 39 人。面对这些情况，我认为人民政府是为人民谋利益的，只要是对人民有益的事，我们都应该责无旁贷，于是县委决定成立渔业指挥部，对渔民实行流动性的全方位服务和渔业安全的监管；其次每年召开一次全县渔业大会，总结表彰渔业发展的先进经验和先进人物，引导渔业向良性发展；再次是争取省财政和金融部门的支持，大力发展深海作业。通过一系列的发展措施，使临高渔业超常规地发展，渔业总产量从 1989 年的 2 万多吨，发展到 1995 年的 10 万多吨，平均每年以 32% 的速度高速发展，使临高渔业出现了前所未有的兴旺景象。

文化是关键。文化是一个地区实力的象征与体现，它既是软实力，又是硬实力。在临高打基础工作的过程中，对加强临高文化建设，我投入了许多精力：一是强化人们的诚信意识。"诚信"既是中华民族的传统美德，又是一切事业得以成功的保证。当年由于贫困的原因，县里出现了挪用财政专项资金，企事业单位骗贷，骗投资的行为比较常见，带来的结果是失去了上级财政对临高的支持，金融部门拒绝了对企业的贷款。当时省农行的一个负责人曾对我说："你知道你们临高县是什么县吗？"我说："什么县？"他说："你们是全省有名的的"三敢"县，敢贷、敢花、敢不还的县"。此事对我刺激很大，我感觉到一个县的发展离不开外部的支持、投入，如果我们不能执守诚信，建立起一种新的信用制度，我们的发展又从何谈起。从此以后，县委决定不管在任何困难的情况下，任何人都不能挪用财政专项资金，切实保证专款专用。这些行动，得到当年省财政的认可，省财不仅增拨了专项资金，甚至在周转金借付上也多次给我县许多支持，使我们顺利地度过了那年困难时期。

一九九 0 年初，省人民银行特批我们第一期甘蔗发展贷款，我们建立了乡镇还贷责任制，到来年，不仅全部地还清了人行的贷款，还追回了往年的欠债。省农行为此在临高召开了农业贷款现场会，表示今后将大力支持我们的农业投入；其次，县里还制止了三起企事业单位欺骗外商投资金的行为。实践证明，不论是政府诚信，还是公民、法人的诚信对于一个地区的发展，都十分重要的。二是加强对教育投入。临高民间历来有良好重教的传统，村里出了一个大学生，都举村欢庆，但临高教育长期上不去，到底是什么原因？经过调查，当年，我们采取几项措施，首先起用能人治校。从 1990 年学校的领导班子进行改组，起用了大批学科带头人进了学校班子，这种示范作用是无形的，它迅速地形成一种导向，引导广大教职员工更专心教育事业，更努力提高自身的教学能力。其次是整治校风。校风是一所学校的精神和灵魂，校风具有强大的促进力，同化力和约束力，如果一所学校具备富有时代特征的校风，那么它将成为一个巨大的教育资源，使学校发展具有强大的活力和生命力。在整顿校风中县二中做出了很好的榜样，取得了很好的效果。再次是调整了学校的布局结构。那时，临高可以说是村村办学，有的学校甚至才七八个学生。我们常说"规模出效益"，没有一定的学校规模，不可能培养出好的学生。从1990年起，开始了学校布局结构的调整，停止对规模小的学校的投资，扩大对上规模学校的投入水平。与此同时，我们在保障教职员工待遇和争取社会支教上也做了很好的努力，使全县教育发展创造了良好的条件和环境，临高的升学率那些年在全省都保持了较好的水平，为本县培养了许多人才。三是多次筹资重建和修缮临高的古建筑。据考证，临高有着悠久的历史文化，有着全省较早建立的道教庙宇——高山庙，有全省规模最大的孔庙——临高文庙，有全省除海口市外的第二个中山纪念堂，还有临高八景等等。古建筑是一种文化精神的载体，它既是当地历史的"回忆符号"，又是当地文化发展的链条，通过修复重建古建筑，不仅可以使人们了解本地文明发展的历程，而且可以使人们唤起当地文明建设的热情。那些年，县里在省政府的支持下，多方集资，重建了临中的中山纪念堂，而且委派一名常委负责了文庙的修善和高山庙公路的兴建。由于当年县财政困难，许多事还来不及做，至今乃是我的一大遗憾。四是支持和鼓励本地优秀的文学艺术的发展。古戏曲是一个地区的文化瑰宝。人偶同台的临高木偶戏不仅是群众十分喜爱的戏种，而且在中国古戏曲中也具有其独特的风格，当年在财政十分困难的情况下，县财政特批了一笔保护资金，支持他们多次参加外地的汇演和戏曲研讨，为保护和发展这个剧种起到了积极的作用；诗歌对联是临高民间喜闻乐见的文化形式，当地历史上还曾出现过象王佐这样遐迩闻名的诗人，所以那些年几乎每年都组织一次诗歌对联的比赛或汇演，许忠泰等同志还收集编纂了王佐的诗词《鸡肋集》，为继承和发展临高的文化发生了积极的影响。

改革开放是地区社会经济发展的强大动力。海南建省办特区，给县城经济发展带来了前所未有的机遇。当年，十万人才蜂涌而至，各种资金、支持接踵而来，全岛沸腾了。但是也有许多地方出现了圈地、卖地、炒地的疯狂……面对这种局面，县委通过认真的分析，认为，本县目前社会经济基础薄弱，现代产业配套条件落后，而我县又面临大海，地处西北平原，不仅有能避风的金牌深港水区，而且物产也丰富，具备发展现代工业和现代服务业的优厚条件，如果仅靠"小企业、小投资"进入，零敲碎打，不仅不能带动当地社会经济的发展，而且会破坏当地的整体规划，制约当地的长远发展。因此，当年，县委决定本县必须采取"大企业进入，大项目带动"的策略，并邀请清华大学和美国著名的设计机构，对金牌港区等沿海区域进行整体规划，并积极引进和邦炼油业和赛松旅游开发等大型项目，而不跟风乱圈地、卖地。虽然后来这两个项目由于种种原因流产了，但回想起来，我仍然认为当年的决策还是正确的。改革开放是我国的长期的发展方针，是几代人，乃至十几代人从事的伟大事业，不可能毕其功于一役，只有从实际出发，从长谋划，才能保证区域社会经济的持续长久发展。

1995 年 12 月，因工作需要，我怀着无比惆怅的心情离开了临高。在临高工作生活了六年多久的我，至今仍对她深深的依恋。那里的一草一木，那里的人民还时常出现在我的脑海。在这里，我再一次深情地向着大海呼唤：我爱你，高山岭！我爱你，文澜江！我爱你，美丽富饶的临高！

2017 年 8 月

编者附记：

符孟彪，1948 年 11 月出生，男，中共党员，南京大学在职研究生毕业。

1968 年 11 月至 1986 年 5 月在广东省国营金江农场历任班长、排长、连队指导员、团政治处主任，农场党委副书记、书记、场长。

1986 年 5 月任广东省通什农垦局副局长。

1989 年 8 月任临高县代理县长、县委书记。

1991 年任临高县委书记（副厅级）（在临高县担任县领导期间：1989 年 8 月至 1995 年 12 月）

1995 年 12 月任海南省农垦总局副局长。

2006 年任海南省农垦总局巡视员。

2008 年 12 月退休。

一枝一叶总关情

临高县委原书记、县人民政府原县长，海南省海洋与渔业厅原副厅长　黄良胜

"衙斋卧听潇潇竹，疑是民间疾苦声。些小吾曹州县吏，一枝一叶总关情"。这是清代知县、著名诗人郑板桥写来与主政州县的同仁们共勉的诗篇，也是我主政临高期间用来自勉的金玉良言。

1994年9月，我走马上任临高县委副书记、县人民政府县长。1998年2月，我转任临高县委书记。这是省委、省政府和临高人民对我的信任、关心和厚爱。作为一个地方的主官，守土有责，责任重大，使命光荣。我暗下决心，要把省委、省政府和临高人民对我的信任、关心和厚爱，当作前进的动力，懂得感恩、懂得责任、懂得奉献，以寸草之心，回报临高人民的三春晖。

不管东西南北风，抓住经济发展不放松。改革开放以来，临高经济年年都有发展。但是由于种种原因，其他兄弟市县在很多方面的发展不但比我们快，有的甚至比我们快得多。从这个意义上说，有发展而速度不快，也是落后。我想，只有加快发展，才能从根本上摆脱困难；只有加快发展，临高才有希望和前途。否则，已经存在的发展差距就会越拉越大。我们就将有愧于临高的父老乡亲和子孙后代。经过广泛宣传和讨论，全县上下牢固确立了发展是硬道理的思想，坚定不移地、全力以赴地抓住经济建设这个中心。我们不管东西南北风，始终抓住经济发展不放松，围绕中心转，突出中心干，不丢中心，不挤中心，不压中心，时刻贴紧经济工作的主旋律。我们全县上下拧成一股绳，心往一处想，眼往一处看，劲往一处使，汗往一处流，共同为加快我县经济发展献计献策，尽其所能地贡献力量，放胆放手发展生产力，不争论姓社姓资，不纠缠公有私有，不计较个人得失，不是站着看，说长道短，评头品足，而是横下一条心，同唱经济发展这台

戏。通过几年的努力，我们胜利完成了"九五"计划的各项主要任务。2000年全县国内生产总值达162675万元，按可比价格计算，比1995年增长50.9%，年平均增长8.6%。人民生活水平也进一步提高。"九五"期间，农民人均纯收入由1995年的1592元提高到2000年的2760元，年平均增长11.6%。1999年，在省委、省政府组织的全省经济晋级升位活动中，临高县荣获一等奖，我和县长欧阳顺林同志均获得了1万元奖金。

捕养并举，科技兴渔，再造一个"海上临高"。渔业，渔业，这是临高的自豪，这是临高的骄傲！临高县濒临北部湾，海岸线东北起于与澄迈县交界的马袅湾，西南止于与儋州市交接的后水湾，海岸线长71公里，海区面积376平方海里，浅海滩涂面积190万多亩，对发展海洋渔业生产具有得天独厚的优越条件。然而当时临高渔船的吨位小，只能局限于近海作业，而近海渔场又非常狭窄，鱼类资源十分有限，因而长期以来产量的递增幅度较小，渔业的发展速度不够快。为了加快临高渔业发展的步伐，县委县政府确定了"捕养并举，科技兴渔，再造一个'海上临高'"的发展战略，采取有效措施促进渔业生产快速发展。一是造大船闯深海。我们在推广渔民自筹资金建造大船的成功经验的同时，广开渠道，多管齐下，既发动渔民将自有资金滚动投入再生产，又走出去招商引资，采取"公司＋渔户"、"租赁经营"等形式造船买船，还利用民间信贷收集社会闲散资金增加渔业投入。1995年，全县共投入资金4969万元，其中海洋捕捞3825万元，占76%，新造单船60吨/150匹马力渔船46艘，增添各种网具4.5万张，钓具2.1万支，购买一批助渔导航仪器，使中深海捕捞能力得到了进一步加强。县委县政府还多方面筹集资金1亿元人民币，新建、扩建新盈、抱才、武莲3个渔港，加快港口防波堤、码头、渔民新村等基础设施建设，大大改善了渔船进港泊位和补给条件。二是坚持捕养并举、科技兴渔。随着先进的科技不断装备渔船，海洋捕捞能力不断提高，规模不断扩大，海洋渔类资源急剧萎缩，海洋捕捞业的发展已接近极限临界点。因此，国内外都把发展水产业的目光投向养殖。县委县政府对渔业的这一发展趋势也有清醒的认识，在引导广大渔民发展海洋捕捞业的同时，积极贯彻"捕养并举、科技兴渔"的方针，发动全县的渔民和农民利用浅海和山塘水库发展海淡水养殖业。县委县政府十分注重科技兴渔，提高渔业生产的科技含量，向技术进步要效益。在生产过程中，我们切实做到了"三结合"，即把造大船与渔具渔法改革结合起来，把开辟新渔场新资源与渔船现代化装备结合起来，把加速渔业进步与培训新一代捕鱼能手结合起来，取得了很好效果。2000 年全县水产品总产量达 19.5 万吨，比 1995 年增长 93.9%，年平均增长 14.2%。海洋渔业终于在 1999 年坐上了全省海洋渔业的第一把交椅，再造了一个"海上临高"。

情系桃李园。百年大计，教育为本。我认为，要振兴临高，必须发展教育，只有发展教育，才能加快临高经济发展步伐。1994 年金秋时节，我甫抵临城，就不顾一路风尘的劳累，与县委常委、组织部部长庄光炎等人到临高中学看望教师，跟教师谈心交友，询问教育情况，谈生活待遇，随后又仔细地察看了校容校貌。当学校的领导和老师提出了办校的一些实际困难时，我当即表示，县政府要认真研究解决。后来逐步解决了这些实际困难。1994 年的一天，我来到临城三小，踏进校园，只看见低矮狭窄的教师宿舍依附于高大的教学楼宇脚下，形成了很大反差。我还了解到，在县城，尚有部分教师寄宿或自己租房居住。回来后，我在县政府常务会议上提出建教师村方案，解决教师住房问题。县政府和有关部门进行多方面的努力，终于在文澜江畔的锡祥村附近征用了 2 公顷的土地，兴建了一个花园式的教师村。当年，由于实行县乡两级财政包干，分灶吃饭，有些乡镇不能按时发放教师工资。在县政府常务会议上，我提出工资发放教师优先，得到大家的赞同。于是我签发了《临高县人民政府关于教师工资发放问题的通知》，要求各级政府在发放工资时必须实行教师优先的原则，先发教师工资，后发行政干部工资。文件下发后，保证了教师工资发放，教师们无不欢欣鼓舞。我在临高履职近 7 年来，总是想方设法挤出时间，不辞劳苦走访了解临高的教育情况，足迹遍及全县 16 个乡镇（当时临高有 16 个乡镇）60 多所中小学校，尽最大的努力多为教师办好事实事。

围绕经济抓党建，抓好党建促经济发展。一是加强领导班子建设，进一步提高干部队伍素质。我们坚持以整风精神开展"三讲"（讲学习、讲政治、讲正气）教育，认真解决好"参加革命是为了什么？在领导岗位上应该做些什么？将来身后应留点什么"等世界观、人生观、价值观的问题，做到了思想上有明显提高，政治上有明显进步，作风上有明显转变，纪律上有明显增强，努力把各级领导班子建设成为贯彻党的路线、方针、政策，团结带领广大人民群众完成党的各项任务而努力拼搏的坚强领导集体。县委结合机构改革，做好各级领导班子的调整充实工作。对德才兼备、政绩突出、群众公认的优秀干部大胆提拔使用，对思想素质不高，整体结构不合理的班子和自身素质不高、群众意见较大的干部，进行组织整顿，进一步优化了领导班子结构，为加快临高经济发展步伐提供了组织保证。二是加强党的基层组织建设，增强基层党组织的凝聚力和战斗力。我们注意选准配强农村党支部书记，建立一支素质高、作风硬、能带领农民致富奔小康的农村党支部书记队伍。选派得力干部到后进村、不稳定村和贫困村帮助村党支部开展整顿和建设工作，改变落后面貌，扩大农村基层组织建设成果。我们还注重加强和改进企业党建工作，根据企业改革发展实际，及时调整党组织的设置和活动方式，积极探索社会主义市场经济条件下发挥企业党组织政治核心作用的途径和办法。三是坚持从严治党的方针，加强党风廉政建设和反腐败斗争。我们按照领导干部廉洁自律、查处违纪违法案件、纠正部门和行业不正之风的三项工作格局，以改革创新的精神，坚持标本兼治，着重在加强监督检查、狠抓任务落实、从源头上预防和治理腐败上下功夫，深入推进我县党风廉政建设和反腐败工作。我们切实抓好党风廉政建设宣传教育工作，增强党员干部遵纪守法的自觉性，提高党员干部的拒腐防变能力。

高山岭下，善行如潮；文澜江畔，善歌高奏。临高人勤劳勇敢，爱国爱乡，纯朴善良，热情好客，重情重义。临高高山庙的一副对联"宰我邦者为好官是海是山同福泽；谓彼政者能廉吏一草一木尽甘棠"，告诫临高主政者要勤政廉政，一枝一叶总关情，全心全意为老百姓谋福祉。在临高工作近7年来，我谨记"乐民之乐者，民亦乐其乐；忧民之忧者，民亦忧其忧"的古训，千方百计为老百姓多做一些好事实事，但总感到心有余而力不足，为临高父老乡亲的贡献太少，心里感到内疚和不安。因工作需要，2001年4月我调任海南省海洋与渔业厅副厅长，离开了临高，至今已有16年。我虽然离开临高多年，但始终心系临高。在任省海洋与渔业厅副厅长期间，尽量创造条件多给临高一些支持。卸任后还一如既往关注临高，为临高的发展变化而高兴。临高干部群众重情重义，多年来一直对我这个匆匆过客关爱有加，常常有人来看望我，给我带来临高发展变化的喜讯，让我感到非常温暖。能有机会到临高工作，是我的幸运；能结交一大批临高朋友，让我感到无比幸福和自豪。

我爱临高，更爱临高的一山一水，一草一木。临高地势平坦，土地肥沃，处在松涛水库的主灌溉，是海南省的主要粮仓。临高濒临大海，港湾众多，毗陵北部湾渔场。海洋产业发达，深海网箱养殖居全国第一。临高旅游资源丰富，临高角天然浴场、白刃滩、居仁瀑布、高山岭、文澜江、解放海南渡海作战纪念丰碑等等、生态休闲度假游和红色文化游，可谓应有尽有。临高历史悠久、文化底蕴丰厚。临高人偶戏、临剧、渔歌哩哩美、临高文庙、茉莉轩书院、明清海南四大才子王佐等历史文化名人，临高不愧为民间艺术之乡、诗词之乡、太极之乡……

衷心祝福临高——我的第二故乡更加灿烂辉煌。

衷心祝福临高父老乡亲幸福吉祥。

2017 年 8 月

编者附记： 黄良胜，男，汉族，海南文昌人，1949 年 10 月出生，中共党员，大专学历，1974 年 7 月参加工作，历任大队干部、公社党委书记，文昌县（市）委副书记、常务副县（市）长，临高县委副书记、县人民政府县长，县委书记（在临高县担任县领导期间：1994 年 9 月 -2001 年 4 月），海南省海洋与渔业厅副厅长、巡视员等职。2009 年 12 月退休。

情系临高

临高县委原书记、县人民委员会原县长　王岳青

　　我于1956年6月出任临高县委书记（时设第一书记），1957年2月兼任临高县人民委员会县长，在临高担任县领导十六个春秋。主管农业，与县委的其他同志、基层干部、广大农民一道为改变农业的落后面貌，增加粮食产量，使农民丰衣足食，尽了绵薄之力，心有所慰。

　　曾记得20世纪50年代初，农民的生活仍十分贫穷，水利不过关，还存在不少盐碱地。如临城镇、波莲乡就有二万多亩。由于盐碱化严重，水稻亩产才百几十斤，主要以种地瓜和萝卜为主。虽然号称临高平原，每年还得从外地调入二三百万斤的回销粮。当时，城镇、波莲等地的农民以外卖萝卜干、倒卖咸鱼和盐为生。往返于临高县和舍，和庆，兰洋，澄迈县的中兴，仁兴等地。一年到头，风餐露宿，难得见到刚出生的孩子。甚至半路上听到鞭炮声，一打听当地人，方才知道已是大年三十。当地曾经广泛流传一个真实的故事，某一农民到新盈贩鱼，在抱蛟村见到村里家家放鞭炮，问一农妇是何事？农妇笑曰，你真不知道今天是大年三十？该农民一听，泪珠如雨。日子可谓苦不堪言。当地群众有一句民谣："早挑担外卖时，儿子未醒，晚归夜深时，儿子已睡。辛苦下来赚几钱？几年儿大六七岁才识父"。这是临高农民艰难生活的真实写照。

　　经过几年的艰苦奋斗，解决了平整土地和排灌问题，消除了盐碱地，从根本上扭转了临高农业落后的状况，使粮食亩产达到七八百斤，不少地亩产达到了千斤。由原来的每年吃国家的二三百万斤回销粮，变成了每年外销粮食二三百万斤，这是一个改天换地的沧桑巨变，它使临高平原变成了名副其实的粮仓，名扬海南和广东，这是临高人民的骄傲。

　　当时，我们那一代人，不畏困难，真抓实干，抓住了关键。一是农田的水利

关，修建了波莲水坝，搞南水北调，彻底解决了城镇（今临城）、博厚、波莲、东英等三万多亩农田水利灌溉和消除盐碱化问题，使得农业增产有了保障和前提基础，为农民做了功在千秋之业。农民由开始的怀疑，到后来的信服。比如东英的波浪大队有一个农民不信我们的南水北调工程，放言："如果南水北调工程能成功，我就光屁股沿着水渠走一趟"。结果，当一股清流流入东英的波浪、依古等四个大队时，他独自一人沿着水渠走到波莲水坝后服气了。广大农民更是高兴了，有信心了，有干劲了，有奔头了。这是我党和我们那一代人执政为民宗旨的体现。二是大搞农田基本建设，优化农耕条件，组织和发动广大农民大搞平整土地，使临高平原锦上添花，农田基本建设有了个质的飞跃，实现了合作化、集体化、规模化、网状化、水利化和科学化，进而带动了整个临高县的农业进步，提高了临高在海南的农业实力和地位，基本上完成了海南区党委赋予我们的历史使命。1962 年 11 月，我与县委第一书记郭怀信同志一道赴北京，荣幸地参加了党中央召开的七千人大会，见到了各族人民的伟大领袖毛主席等中央领导人。

一九七四年十二月由于工作需要，组织调我到澄迈县工作，当时来送行的干部群众围满了大街，脸上挂着泪花，依依不舍。我对临高这块热土的留恋和百姓对我工作生活上的支持帮助更是感慨万分！感悟最深的是在党的领导教育下，临高人民有极大的社会主义觉悟、积极性和吃苦耐劳的奋斗精神；临高有广袤平原，漫长海域，丰富陆地资源，可农、可渔、可林、可果，可工亦可商，水陆交通方便，开发建设大有所为、大有希望。

如今，我已是耄耋老人，回首六十载弹指一挥间。整个临高的各项事业蒸蒸日上，可喜可贺，欣喜万分！代代新人茁壮成长，作为我们老一代最大的愿望，就是希望年轻一代勿忘历史，保持优良传统，不忘本，不变色。尤其是要坚持以马克思列宁主义、毛泽东思想、邓小平理论、"三个代表"重要思想和科学发展观为指导，深入学习贯彻习近平总书记系列重要讲话精神和治国理政新理念新思想新战略，在思想上、政治上、行动上同以习近平同志为核心的党中央保持高度一致，听党的话，永远为人民服务。热爱临高，热爱临高人民。好好学习，更新观念，重视科技，将临高建成文化强县，经济强县，科技强县。这样，老一辈人也就开心了，放心了。

2017 年 5 月

编者附记：王岳青（陈显青），男，汉族，中共党员，1924 年出生于澄迈县中兴镇三台村，后迁临高县第五区和庆乡敏解村，1980 年迁归祖籍澄迈县中兴镇彭宅村。1940 年参加革命工作。海南解放前历任临高县和祥乡青年抗日救国会副主任，临高县番加乡、南丰乡党委书记、乡长，临高县第四区党委委员。海南解放后历任临高县临城镇委书记，临高县新盈镇委书记、镇政府镇长，临高县第五区党委书记、区长，临高县委组织部副部长，临高县第三区党委书记，临高县委宣传部部长。海口机场筹建委员会科长，海南行政区公署监察处科长，临高县委书记（时设第一书记）、县人民委员会县长，澄迈县委常委（与临高合并期间）兼临高人民公社党委书记，临高县生产委员会副主任，临高县革命委员会党的核心小组副组长、县革委会副主任，临高县委副书记、县革委会主任（在临高县担任县领导期间：1956 年 6 月—1974 年 12 月），澄迈县委书记、县革命委员会主任，海南行政区一轻工业局副局长等职，现离休，享受地专级待遇。

二十五年临高情

临高县委原副书记、县纪委原书记、县人民政府原县长　李茂忠

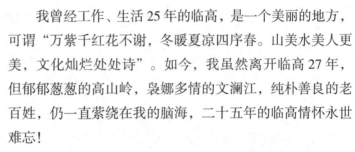

我曾经工作、生活 25 年的临高，是一个美丽的地方，可谓"万紫千红花不谢，冬暖夏凉四序春。山美水美人更美，文化灿烂处处诗"。如今，我虽然离开临高 27 年，但郁郁葱葱的高山岭，袅娜多情的文澜江，纯朴善良的老百姓，仍一直萦绕在我的脑海，二十五年的临高情怀永世难忘！

1964 年 8 月，我从华南师范学院（今华南师范大学）中文系毕业后分配到临高师范学校当老师，后来到南宝中学和东江中学当老师。1973 年 8 月调入县委办任干事，1981 年 7 月任县委办副主任，1984 年 4 月任县委常委、县纪委书记，1986 年 3 月任县委副书记、县人民政府代县长，1987 年 5 月任县委副书记、县人民政府县长。

（一）

我任临高县纪委书记期间，经常以范仲淹的名句"私罪不可有，公罪不可无"自勉，认真贯彻中央关于抓党风"一要坚持，二要持久"的方针，全面履行纪检机关"保护、惩处、监督、教育"四项职能，积极主动协助县委抓党风，集中力量查处党内违纪案件，为强化廉政意识，增强党员的党性和纪律观念，提高党员的政治意识，发挥党组织的战斗力作了不少的工作。

有人说，纪检工作是得罪人的工作，纪检干部冷酷无情，其实这是偏见。我当纪委书记 2 年，始终把保护干部作为履行职务的出发点和落脚点。我要求县纪委的同事，要进一步解放思想，转换脑筋，增强为经济建设服务的意识，创造性地开展工作，为临高经济建设尽心尽力，为促进临高经济持续、稳定、高速发展提供良好环境。

教育党员是纪检机关的一项重要任务。几年来，县纪委充分利用纪检机关手

中有案的优势条件，正确处理惩处和教育的关系，在严肃查处违纪案件的同时，注意发挥典型案例在教育党员中的作用，加强党员的纪律和廉洁教育，尽量使党员不犯错误和少犯错误。我们还经常采取各种形式加强对党员干部进行党性党纪教育，促进机关工作的制度化、规范化和科学化建设，努力改进机关作风，提高办事效率，使临高投资软环境大为改观，国内外投资者纷至踏来。我们对在扩大改革开放中敢为天下先的开拓型党员干部，坚决给予支持和保护，对在改革中受到错告、诬告和打击报复的干部，及时为其澄清是非，并严肃查处诬陷报复者。2 年来，县纪委先后为 10 多名被检举失实的党员干部澄清了是非，使他们在超常规发展临高经济中发挥了积极作用，深受广大干部群众的赞许。

（二）

1986 年 3 月，我任临高县人民政府代县长，1987 年 5 月 17 日，在临高县第八届人民代表大会第一次会议上，我满票当选临高县第八届人民政府县长。面对热烈的掌声，我热泪盈眶，深感责任重大、使命光荣，并暗下决心，要俯首甘为百姓牛，为推进临高经济发展社会进步，贡献自己的全部光和热。

在任临高县人民政府县长期间，始终坚持以经济建设为中心，坚持四项基本原则，坚持改革开放，贯彻执行"治理整顿、深化改革"的方针，为实现临高县八届人大一次会议提出的任务和奋斗目标，做了大量的工作，取得了较好的成绩。

无农不稳。努力抓好农业基础设施建设，发展外向型生产基地。一是对水利系统的"建、管、用"进行一系列改革，加强经营管理，巩固现有水利设施，认真抓好蓄水管水，加快新建工程的施工，特别是联合国援助的"2719"工程，突击配套成龙，努力改善、扩大灌溉面积，为战胜干旱，夺取农业生产大丰收奠定基础。二是注意发展外向型生产基地，积极推广良种良法。甘蔗、水稻、橡胶、咖啡、胡椒、香蕉、水果，畜牧、水产养殖等基本实现基地化、良种化。1989 年全县农业总产值（按 1980 年不变价计）8738 万元，比 1986 年增长 9.77%，平均每年增长 3.1%。

无工不富。深化工业体制改革，增强企业活力，提高经济效益。一是普遍推行厂长（经理）任期目标责任制。全县具有一定规模的国营企业均落实厂长（经理）任期目标责任制，有效调动了干部职工的积极性，较大幅度地提高经济效益。同时对小型国营企业实行放开经营和租赁经营的做法，让干部职工群策群力，广开门路，扩大销路，大大提高了经济效益。二是落实利润包干上缴的经济责任制。把利润包干上缴指标落实到各企业、班组、个人，使经济责任落到实处，增强了企业活力，提高经济效益。我们还努力宣传、贯彻海南建省办经济特区的优惠政策，改善投资环境，吸引国内外资金、人才和技术，发展外向型经济。据统计，3 年共引进国外、省外资金 5917 万元人民币，250 万美元，100 万元港币，兴办联营企业 24 家，取得了明显的经济效益。1989 年，外引内联企业工业产值达 1367 万元，比 1986 年增长 429.8%，占临高工业总产值 42.7%，为临高的工业发展增添了较大的活力。

抓好财源建设。财政是实现政府职能的基本条件。当时临高的财政状况是寅吃卯粮的"吃饭型"财政，引起了全县干部群众的担忧。为了迅速扭转这种状况，加快"吃饭型"财政向"生产建设型"财政方向过渡的步伐，我们牢固树立财税工作必须为经济建设服务的指导思想，紧紧围绕"深化改革、精心管理、拓宽财源、增收节支"的工作思路，努力探索新的理财、聚财、用财之道。一是加强财税队伍建设，塑造良好的财税干部群体形象。要搞好财税工作，首先必须有一支政治过硬、业务熟悉、作风正派、言行文明、廉洁高效的干部职工队伍。几年来，我们始终把加强队伍建设提高到战略的地位来认识，采取各种有效措施，切实提高干部职工的政治素质和业务水平，使全县财税系统的干部职工在较短的时间内较好做到了"三会四懂"（会记账、会查账、会审核；懂税法、懂管理、懂账务、懂制度）。二是积极抓好财源建设，促进财税收入上台阶。财源建设是壮大财力的根本出路。我们采取扶持农业开发，培植壮大基础财源；支持乡镇企业，巩固骨干财源；支持市场建设，开辟新的财源的有效措施，使临高财税部门逐步走出了县政府的"保险柜"这种看家型的财税圈子，把注意力放在生产领域和流通领域，协助有关方面促进生产，发展经济，扩大财源，促进财政收入一年跃上一个新的台阶。三是加强征管工作，保证税款及时足额入库。县政府要求财税部门必须坚持"依率计征、足额收齐、有漏必补"的原则，以法治税，文明征管，大力组织税款入库。1989 年全县地方财政收入 729 万元，比 1986 年增加 85 万元。

百年大计，教育为本。全面贯彻《中共中央关于教育体制改革的决定》，使临高的教育事业发生了深刻的变化。一是集资建校办学成绩显著。三年来多方集资 1285.5 万元，改造危房面积 59350 平方米，大大改善了办学条件。二是普及初等教育得到了进一步巩固和提高。适龄儿童入学率、巩固率和中小学生毕业率等方面，均达到上级教育部门的要求。高、中考保持了历来较好的成效，成人教育得到迅速的发展。三是勤工俭学活动有了新的进展。全县校办农场201处，面积6018亩。

因工作需要，1989年9月我调任海南教育学院副院长。在临高工作、生活的25年间，我虽然在各个工作岗位上努力工作，但我总觉得做得太少太少。常言说，为官一任，造福一方。我身为临高一县之长，却没能给临高百姓带来多少幸福。现在回想起来，真是内疚。临高干部群众对我的关心、厚爱和情谊，我铭记在心，感激永远。我学会一口流利的临高话印证了我的临高情怀。

我深深地眷恋着你，临高——我的第二故乡！

我深深地祝福你，临高——明天更美好！

2017年6月

编者附记：李茂忠，男，汉族，广东化州人，1940年12月出生，中共党员，大学学历，1964年8月参加工作，历任中师教师、中学教师，临高县委办公室干事、副主任，临高县委副书记、县纪委书记、县人民政府代县长、县长（在临高工作25年，担任县领导期间：1984年4月—1989年8月），海南教育学院副院长等职。2000年12月退休。

临高履职五春秋　不辞长作临高人

临高县委原副书记、县人民政府原县长　朱堂生

孟春草长，花开四月；红旗招展，临高欢乐。

1990年4月30日，在临高县第九届人民代表大会第一次会议上，我满票当选临高县第九届人民政府县长。宣布选举结果后，全场掌声雷动，经久不息。此时此刻，我热泪盈眶，非常感谢省委、县委的领导以及临高人民对我的关心与厚爱，非常感谢每一位代表对我的信任与支持。我深深的体会到，临高人民选举我担任县长，是对我的厚爱、信任，更是对我的期许和希望。我深感责任重大、使命光荣。面对省委、县委及临高人民的厚爱和信任，我没有理由不尽责，没有理由不多多回报临高，我将倍加珍惜省委、县委、临高人民及各位代表给我提供的机会和舞台，为推进临高经济发展社会进步，奉献出自己的全部心力。

临高县是个传统农业县，农业人口占全县人口80%以上，农业和农村经济在全县经济中占十分重要的地位。不论从当时或长远看，临高农业既面临人口增加、人民生活改善和工业化进程加快的巨大压力，又面临耕地逐步减少，基础设施薄弱等因素的严重制约。在第九届政府第一次常务会议上，我明确提出，临高各级政府和各行各业的同志，都要从全局的高度、战略的高度充分认识强化农业这个基础，都要比过去任何时候更加重视农业、农村、农民问题，真正把农业放在经济工作的首位，切实加强对农业和农村工作的领导，深入农村调查研究，及时解决农业的实际问题，与农民广交朋友，充分发挥农村基层组织的重要作用，为开创临高农业新格局而努力。通过全县上下的努力，1994年全县农业总产值达58417万元，比1989年增加49679万元，增长568.5%；粮食总产量129219吨，比1989年增加37039吨，增长40.2%；水产品总产量86776吨，比1989年增加61776吨，增长247.1%。总而言之，全县农村经济和农业生产全面发展，农民人

均收入显著增加，农村面貌焕燃一新。

当时临高的财政状况令人堪忧，引起广大干部群众的普遍关注。为了克服临高财政经济困难，我要求各级政府要采取有力措施，广辟财源，强化管理，增收节支，逐步实现财政状况的好转。一是发展生产，广辟财源。我们理直气壮地大力发展商品经济，坚持产业结构多样化多层次综合发展的道路，大力发展创汇创税产品，拓展商品销售市场；在整顿改革国有、集体企业的基础上，积极发展外引内联企业，提高管理水平，提高经济效益，提高创税创汇能力，增加财政收入。二是高度重视财政工作制度化建设，加强预算管理，收支管理和实行财政管理责任制，逐步实现管理的科学化、标准化、程序化。我们严格按标准制定和执行财政预算，严格执行财经纪律，把应归财政收入的款项（包括企业上缴利润、土地有偿转让费和执法部门的罚没收入等）收归财政部门管理，健全手续，定期检查。决不允许任何单位以任何借口瞒报、挤占、截留、贪污挪用和私分。严格按规定按程序审批财政经费开支，严格审查各种开支计划，制止和惩处虚报滥报支出的行为。三是强化税收征管。根据强化、堵漏的要求，运用行政的经济的法律的手段抓好税收整顿，从制度上、方法上、机制上强化征管，实现税收征管的公开化、标准化、票据化、制度化，以保证国家财税收缴入库，对偷税漏税和以暴力或其他手段抗税、阻碍税务人员执行公务的行为，依法严惩。严格清查各单位的小钱柜。凡党政、事业单位未列入计划内开支而私存的各种余款，一律限期清退，逾期不退者以侵占公款论处，追究单位负责人的行政或法律责任。四是紧缩财政开支。严格控制和管理各种行政会议和非生产性费用，制定行政和医疗费用包干等有关管理办法，节约行政、会议、医疗等各项开支。制止用公款大吃大喝的歪风，基本建设规模要按计划量力而行。把有限的财力用在发展生产、振兴事业的有效工作上。五是按照"小政府，大社会"行政管理体制"精简、高效、廉洁"的要求，适当调整和完善行政事业机构，加强行政、事业人员编制的管理，减轻财政支出负担。对各项行政事业机构定职能，定编制，定岗位，定经费。人员超编的行政、事业单位自负编制外开支。经过全县上下齐抓共管，临高财政收入逐年上升，1994 年全县财政总收入 7476 万元，其中地方财政收入 4003 万元，比 1989 年增收 3274 万元，增长 449.1%，实现了临高财政状况的好转，加快了"吃饭型"财政向"生产建设型"财政方向过渡的步伐。

我在临高这五年，始终坚持"两手抓，两手都要硬"的方针，确保临高各项社会事业全面发展。一是强化科技意识，抓好科技兴县。积极推广科技成果，引导农民发展"两高一优"农业，组织实施了一批"短、平、快"的科技项目和一批"星火计划"项目，取得了一定的经济效益和社会效益。二是坚持"二为"方向和"双百"方针，一手抓"扫黄"，一手抓繁荣，活跃人民群众的文化生活。三是切实抓好社会治安工作，为人民群众创造安居乐业的环境。落实"谁主管，谁负责"的原则，进行社会治安综合治理，贯彻依法从重从快从严的方针，深入依靠和发动群众，在全县范围内开展"打团伙、破大案、缴黑枪、追逃犯"的专项斗争，严厉打击各种犯罪分子，基本上消除了各种社会不安定的隐患。同时，积极实施"二五"普法规划，开展法制教育，提高人民群众的法制意识和观念。四是优先发展教育事业。"百年大计，教育为本"。我们全面贯彻落实党的教育方针，认真执行《义务教育法》，抓好"普九"工作，抓好学校基本设施建设，创造良好的教书育人环境，加强师资队伍建设，全面提高教育质量，培养"四有"人才。五是切实抓好卫生工作，提高医疗水平和质量。深入贯彻"预防为主"的方针，坚持"防重于治"，大搞爱国卫生运动，提高大众卫生意识。

临高履职五春秋，不辞长作临高人。临高，高山岭巍峨，文澜江袅娜，山青水秀，阳光灿烂，空气新鲜；临高人，勤劳勇敢，崇文尚武，慷慨豪爽，明礼诚信，重大义，有大爱。在临高工作期间，临高人民对我的关心、爱护和支持，我永远不会忘记。临高的凡人义举、美德善行、真情大义总是时时感动和激励着自己。虽然我每天都在努力工作，但总觉得，为临高人民的贡献太少，心里感到不安。五载临高路，终生临高情。我离开临高已经有23年了，无论我走到哪里，临高的山光水色，临高人的音容笑貌总是萦绕在我的脑海中。我虽然离开临高多年，但还经常有临高干部群众来看望我，告知临高的发展变化，令我十分高兴。特别令我感动的是，临高县委统战部王贵章同志亲自登门看望我并向我约稿，希望我撰写一篇文章收进《我把临高当故乡——部分外地历任临高县级领导干部的心声》一书，让临高人民与我共同分享我对临高的奉献、感悟和祝福。真是盛情难却。尽管我年事已高，但我还是欣然动笔写下这篇文章，谨以这篇文章献给我十分崇敬的临高人民，衷心祝愿临高明天更加美好。

2017 年 5 月

编者附记：朱堂生，男，汉族，广东高明人，1938 年 10 月出生，大专学历，中共党员，1958 年 7 月参加工作，历任东方县四更公社（区）党委书记、东方市委副书记、市人民政府常务副市长、临高县委副书记、县人民政府县长（在临高县担任县领导期间 1990 年 3 月—1994 年 10 月），琼山市委副书记、市人大常委会主任等职。1998 年 10 月退休。

振兴临高　忘我工作

临高县委原副书记、县人民政府原县长　欧阳顺林

我于1998年元月至1999年12月任临高县县委副书记、县人民政府县长。虽然在临高任职只有两年，但这是自己人生道路上付出最多的两年，也是改革开放以来临高经济发展最快最好的两年。

作为临高一县之长，把振兴临高作为己任责无旁贷，为振兴临高辛勤工作理所当然。在临高两年间我主要做了以下几方面的工作。

深入调研，为科学决策打下坚实的基础。做好调查研究工作，并使之常态化，长效化，是科学领导的基本功，我把它当作高效工作的硬任务来抓。一是突出重点，切实做好事关全局性的专题调研工作。当时摆在面前的"老大难"问题很多，诸如经济发展长期缓慢，尤其是财政极度困难，干部职工工资低且不能按时足额发放；社会治安形势异常严峻；等等。为了做到心中有数，自己有计划有重点地组织力量进行了一番艰苦深入的专题调研。组织力量对临高情况全面摸底，尽快把许多"老大难"问题的现状、以及形成的种种原因和影响程度研究清楚。经过大量的调查研究，既增强了振兴临高的信心，又明确了发展思路、主攻方向和主要抓手。临高与发达市县的差距，主要表现在经济上，但深层次的原因是在思想观念上，即普遍存在"满""难""怕"的思想。所谓"满"，就是满足于自己与自己比，不能跳出临高看临高；所谓"难"，就是唯条件论，总认为加快临高经济社会发展是"麻布袋上绣花，底子太差"，缺乏治穷致富的紧迫感和责任感；所谓"怕"就是怕困难、怕竞争、怕担风险、怕犯错误，由于"怕"，错过了很多很好的发展机遇。调研结果表明，解决临高的问题，特别是"老大难"问题的根本出路在于又好又快的发展经济，而高质量可持续发展必须靠项目支撑，特别是大的骨干项目支撑。二是切实做好经常性的调

研工作。采取各种行之有效的灵活方式，自觉地拜老百姓为师，虚心地向老百姓请教，真心实意地做人民群众的知心人。

科学决策，为临高经济社会又好又快发展提供可行的科学保障。一是把解放思想，更新观念，当作振兴临高的首要任务来抓。振兴临高，关键是振兴临高经济，而振兴临高经济，必须从解放思想，更新观念上突破，着力摆脱"满""难""怕"的思想桎梏。思想解放的程度，决定改革开放的力度和经济发展的速度。没有思想大解放，观念大更新，就必然没有经济的大发展。为此，县委县政府的主要领导，紧紧抓住解放思想，更新观念这个"总开关"，在全县范围内开展了"换脑筋"活动，启开了精神变物质的历史性转变。二是实施"富民强县"战略，全面加快临高经济社会发展。"富民强县"战略的重点是实施"兴农富民强县"工程，包括创建全省一流的糖蔗基地和冬季瓜菜基地，"再造一个海上临高"等工程。"兴农富民强县"工程突出了七个点，即主动占领农业科技进步的制高点；紧紧围绕增加农民收入这个根本点；培育壮大农村经济新的增长点；大力强化农产品加工运销这个关键点；不断巩固农村改革开放的支撑点；切实把握农村基层组织建设的着重点。三是实施"平安"工程，为临高经济社会发展创造良好的社会环境。引导全县上下牢固树立"平安就是福""平安也是生产力，而且是更重要的生产力"的理念，切实加强社会治安综合治理，严厉打击各种刑事犯罪活动，努力化解各种社会矛盾，尤其是密切关注和认真解决社会热点问题。经过全县上下的共同努力，在较短的时间内，在一定程度上消除了斗殴和盗窃等长期困扰临高的治安顽症。这两年未曾发生影响大局稳定的政治和治安事件，刑事案件和治安案件显著下降，社会环境明显好转。

狠抓落实，大见成效。首先，狠抓落实，在引导好、发挥好一把手作用上下功夫。第一把手是两个文明建设的第一责任人，是振兴临高的引领者和带头人。为此，我们特别注重发挥各级、各部门，各单位一把手的作用，使一把手能够廉洁从政，高效干事，最大限度地尽职尽责，把自己的工作岗位当作建功立业的舞台。其次，狠抓落实，在做好各个方面的协调工作上下功夫。振兴临高，涉及的工作方方面面，是一项宏大而复杂的系统工程。为此，我们特别重视调动各方面的积极性，使上下左右形成一条心，一股劲，真正做到同心同德，齐心协力抓落实。在这方面，我们主要抓了两个切入点。一是东西南北中，党政工团企，方方面面面向经济建设这个主战场，同唱经济发展这台戏；二是引导各级、各部门、各单位在经济发展中找准自己的位置，扮演好自己的角色，共同为振兴临高鸣锣开道、保驾护航，贡献智慧和力量。再次，狠抓落实，在切实改变作风、真抓实干上下功夫。主要突出了"四抓"，即提高认识自觉抓，突出重点全面抓，各方配合共同抓，领导重视亲自抓。在具体工作中，从健全制度，完善机制着手，紧紧围绕"三早"抓落实。一是严明纪律"早防范"；二是发现问题"早纠正"；三是违纪违规"早查处"。由于狠抓了作风建设。广大干部精神面貌明显改观，出现了过去少有的创造性开展工作和"鼓实劲、出实招、干实事、求实效"的良好局面。第四，狠抓落实，在又好又快发展临高经济上下功夫。经济发展是检验一切工作成效的晴雨表和试金石。为了实现临高经济的跨越发展，我们始终咬住经济建设这个中心，各项工作都紧紧围绕经济建设这个中心展开，服从和服务于经济建设这个中心。由于全县上下对加快临高经济发展形成了共识，采取了各种强有力的措施，临高经济发展出现了前所未有的可喜势头。1998年，全县国内生产总值比上年增长12.8%，增幅比上年高7.25个百分点，比全省平均发展速度高5.5个百分点。全县地方财政收入比上年增长15.9%，破天荒地高于国民生产总值3.1个百分点。无论是国民生产总值的增长幅度还是财政收入的增长幅度，在全省的排位都由1997年的第十七位跃居为第四位。1999年，各项经济指标又在上年大幅增长的基础上实现了新的突破。在省委、省政府组织的全省经济晋级升位活动中，临高县荣获一等奖，我和县委书记黄良胜同志均获得了10000元奖金。

回首在临高工作的两年，自己深深体会到，当好县长，关键在用人谋事，主要有四点启示：第一，坚持用科学理论武装人，解决好想干、要干和敢干的问题。第二，用远大的目标激励人，解决好大干的问题。第三，用过硬的样板引导人，解决好会干的问题。第四，用法律、法规和制度约束人，解决好干好的问题。

我在临高工作的时间不长，但与临高人民建立了深厚的感情，临高永远是我的第二故乡。离开临高后，我一直情不自禁的关注着临高的发展和变化，每当看到临高伴随着改革开放的春风发生日新月异的变化时，内心无比兴奋和喜悦。经过全县人民的长期努力，奠定了今后发展的基础，积累了经验。特别是新世纪、新时代、新征程，为临高实现后来居上有了新的希望。我们深信，在习近平总书记新理念、新思想和新战略的指引下，在县委的坚强领导下，临高的明天将无限美好、无限辉煌。衷心祝福临高越来越繁荣昌盛，人民永远幸福安康。

我虽年过花甲，却豪情依旧。只要临高需要，我愿在有生之年，尽其所能地奉献自己的一切，以回报人杰地灵的临高和临高人民曾经给予我的莫大信任和厚爱。

2017 年 6 月

编者附记： 欧阳顺林，男，汉族，1952 年 10 月出生，湖南桂阳人，大学学历，中共党员，1971 年 7 月参加工作，历任湖南省江永县人民政府副县长，湖南省乡镇企业局管理处处长，海南省儋州市委副书记、市人民政府常务副市长，临高县委副书记、县人民政府县长（在临高县担任县领导期间：1998 年 1 月—1999年 12 月），中国热带农业大学、中国热带农业科学院党组副书记等职。2015 年10 月退休。

临高重情义　人走茶不凉

临高县委原副书记、县政协原主席　戴俊生

我虽然已经离开了临高23年，但是1993年4月16日政协临高县第五届委员会领导班子成员选举结果宣布时的长时间热烈的掌声，常常在我的耳边回响，让我心潮澎湃，更加感觉到民心的力量，情义的温暖。

1992年1月，我调任临高县委副书记。1993年4月16日，在政协临高县第五届委员会第一次会议上，我满票当选临高县政协主席。宣布选举结果后，会场爆发了震耳欲聋的掌声，经久不息。当时我热泪盈眶，心情激动而复杂，当时我想，无论如何一定要好好工作，以优异的成绩回报临高人民对我的信任和鼓励。

我当临高县政协主席一年多来，牢牢把握团结与民主两大主题，认真贯彻"长期共存、互相监督、肝胆相照、荣辱与共"的基本方针和"民主、求是、团结、鼓励"的八字方针，充分发挥人民政协的自身优势和政协委员的主体作用，加强临高各民主党派、商会、人民团体、无党派人士以及各界人士的团结与合作，加强与港、澳、台、侨胞的联系，紧紧围绕县委、县政府的中心工作，开拓进取，积极工作，建言献策，切实履行人民政协"政治协商、民主监督、参政议政"的职能，取得了一定成绩，得到了县委县政府的充分肯定，也得到了临高干部群众的赞许。

首先是认真抓好学习，提高为经济建设服务的本领。1993年4月县政协换届以后，政协委员的新成分占多数，新委员有学习提高的任务，而老委员也有再学习再提高的必要。针对这种情况，县政协对委员的学习内容、时间和方法，作了全面的部署和安排。一是结合县政协各种会议，视情安排学习内容。重点选学了党中央的有关文件；邓小平关于社会主义市场经济和党建的有关论述；党的十四届三中、四中全会精神;江泽民总书记在海南建省办经济特区五周年庆祝大会上的讲话;全国政协八届一次、二次会议精神等。二是为政协委员提供学习资料。为每个政协委员赠订《海南协商报》和《学习参考》各1份,为每个政协常委赠订《人民政协报》、《海南协商报》和《学习参考》各1份。三是把集中学习和分散学习有机结合起来。集中学,即在短期内结合实际选学几个专题和选送一些领导干部参加上级举办的培训班学习。分散学,即提倡自学为主。通过多种学习活动,提高了政协委员的整体素质,增强了参政议政的意识,提高了做好政协工作的积极性。

其次是切实抓好协政委员提案工作。提案工作是政协工作的重要组成部分,是委员参政议政的主要渠道。为了提高提案的质量,除了办班组织委员学习并辅导大家写提案外,每次会议召开前,我们事先发出写好提案的通知,要求每个委员要认真调查研究写好提案,珍重参政议政的价值。1993年和1994年共收到委员提案121件,立案108件。为了使委员提案引起各级领导和有关部门的重视,加大办案力度,调动委员撰写提案的积极性,县政政五届八次常委会作出《关于切实抓好提案办理工作的意见》呈报县委。县委以临字〔1994〕17号文转发给各镇党委、政府、国营农场、县直各部、委、办、局执行,推动各办理单位提高提案的办理质量,使委员提案大量的建议、意见和批评得到采纳和落实,产生了实际的社会效益和经济效益。

再次是认真抓好文史资料的征集和出版工作。为了适应临高经济建设的需要,让更多的读者了解临高农业县的悠久历史地位,吸引投资者开发临高,我们认真抓好《临高文史》第八辑(农业专辑)的编纂出版工作。经过大家的共同努力,该书于1994年初出版,向省内外发行了3000册。随后我们再接再厉认真抓好《临高文史》第九辑(教育专辑)的征集和出版工作。1994年3月,我主持召开教育界新老领导、知名人士和文史编委成员参加的文史工作会议,确定征集和出版《临高文史》第九辑的内容和有关事项,调整和增补了编委及编辑人员。经过8个多月的辛勤工作,按计划征集到27篇文章,约10万多字和一批书法作品和图片。尽管因工作需要我后来调离了临高,但《临高文史》第九辑(教育专辑)在政协同仁努力下乃得以顺利出版发行。

第四是努力做好"三胞"联谊工作,充分发挥人民政协在统一战线工作中的作用。我们的对外联络工作,重点是巩固老朋友,结交新朋友,进一步扩大联系面。一是请进来,共商临高建设大计。我们按有关规定,吸收港、澳同胞当县政协委员。1993 年 4 月，我们组织回临高参加县政协五届一次会议的三名港澳委员参观临高二中。郭华委员当场拍板为二中捐款 4 万元港币。11 月底，郭华委员专程回临高参加"临高二中郭华亭"落成典礼，又为临高二中图书馆建设捐款 10 万元港币。二是走出去，广交朋友。1993 年 8 月，应香港临高工商联谊会的邀请，我与县政协的黄月飞副主席，苏其英、王炳光常委，刘志刚委员等随同临高县委、县政府领导一起赴港参加该会成立一周年庆祝活动，受到了港胞的热情接待。在香港活动期间，通过老朋友的引线，结交了许多新朋友，为开展统一战线工作，打下了良好的基础。三是通过多种渠道，扩大联系面。1993 年，有两位在临高知名度较高的台胞，原籍临高加来人，40 多年来第一次回乡探亲，我委托黄月飞副主席接待了他们，并同他们进行了友好交流。县委、县政府对他们的还乡探亲高度重视，专门设宴款待，并同他们交换了意见。他们盼两岸早日实现"三通"，表示回台后要组织同乡会，继续保持联系。他们还受陈镇亚先生的委托去看望海南省人民政府副省长陈苏厚，陈苏厚副省长也委托他们回台后向陈镇亚先生问候。通过这一活动，交流了思想，增进了感情。

政协工作千头万绪，与政协同仁一年多来的共同努力和相扶支持，我们始终抓住了"政治协商，民主监督、参政议政"职能的落实，努力在实践中发挥政协作用，提升自身的地位，继往开来，也为推进开拓政协的新局面奠定了基础。

在临高县任职 3 年，我曾先后参与了县委、县政协的领导工作，为临高的社会稳定，经济发展做了自己力所能及的工作，其间的经验与教训，喜悦与遗憾，都成为了我后来工作的动力。

临高人杰地灵，临高人民勤劳，善良而又疾恶如仇，他们坚持正义，勇于捍卫真理，他们在斗争中所表现的韧性和大无畏精神，狠狠痛击和遏制了各种不正之风。

离开临高后，我一直对临高怀有浓厚的感情和深切的眷恋，关注着临高的进步与发展，时不时有些临高同志也会来看望我们，既带来乡亲们的问候，也带来临高发展变化的好消息，使人感到温暖、振奋和欣慰。"人走茶不凉"，我们这些老同志和临高人民的心永远是连在一起的。

临高县资源丰富，区位独特，是著名的鱼米之乡，改革发展蕴藏着巨大潜力，今日临高的发展基础与二十年前已不可同日而语。我们高兴看到，以县委为核心的四套班子，今天正在凝心聚力，精心谋划，深入学习、贯彻习近平总书记视察海南的重要讲话，开展"大研讨大行动"活动，稳定推进临高改革发展，临高日新月异，形势喜人。我们相信，有省委、县委的正确领导，有人民群众的共同努力，临高的明天一定会更好。

到临高工作是我一生充满意义和挑战的旅程。谨以此文表达对关心、支持和鼓励我的临高父老乡亲的诚挚谢意。

衷心祝福临高—我的第二故乡更加美好！

2017 年 7 月

编者附记：戴俊生，男，汉族，河北定州人，1945 年 8 月出生，中共党员，大学学历，1968 年 10 月参加工作，历任国营农场工人，教师、中学校长，宣传科副科长，场党委副书记，1992 年 1 月调任临高县委副书记，后转任县政协主席（在临高县担任县领导期间：1992 年 1 月–1994 年 11 月），1994 年调任海南省渔政渔港监督管理局副局长，1995 年任海南省渔业监察总队总队长等职。2005 年 8 月退休。

难忘的临高情怀

临高县委原常委、县政法委原书记、县政协原主席　陈雄

　　临高县委统战部王贵章同志，是位非常热爱家乡、酷爱文学艺术的作家，这些年出了不少关于临高的书，还专门给我送了好几本。今年初，他给我电话叫我写篇在临高工作的文章，我迟迟没有动笔，主要原因是本人退休了不想再出什么风头。最近，该同志出差来琼海约我照面，又提及了此事，实在是盛情难却！

　　我是琼海人，2015 年 2 月在临高退休告老还乡。这辈子 42 年的工作生涯，算我跑的地方最多了，几乎是绕岛半圈。先是在崖县（现三亚）近 7 年，后转保亭 12 年多，又到通什（现五指山）8 年，再到东方 5 年多，最多在临高 9 年多就退休了。我是 2005 年 9 月从东方调临高工作的，属于平调，职务不变，还是常委、政法委书记，只是职务前面的"市委"改为"县委"罢了。

　　临高是我跑全省最后去的一个县，那是 2003 年间，我去找我"公大"的同学吴安奇，时间不长，吃个午饭就离开了，当时对临高没有太多的印象。这是我第一次去临高。想不到第二次去竟是工作调动。说来也有趣，那天去报到的时候，到了县城还不知道县委在哪里，路怎么走，还是三次停车打听才找到。

　　我在临高经历了两个工作岗位，起初是分管政法工作近两年。2007 年换届，我就到政协去了。算我运气不错，提了一级，担任县政协主席。

　　在临高分管政法工作虽然时间不长，但给我的印象很深。记得当时临高的治安形势并不乐观，吸毒、盗窃、抢劫抢夺、打架斗殴等时有发生，老百姓很有意见。面对这种局势，如何从根本上扭转，还老百姓一个安宁，促进临高经济社会发展，我心急火燎，立即召开政法工作会议，分析形势，研究对策。最后作出三项决定：一是立即在全县范围内开展抓捕逃犯和吸毒人员的行动，把发案率拉

下来；二是争取省、县资金的支持，尽快把戒毒康复农场建起来，从源头上杜绝违法犯罪的发生；三是抓社会治安综合治理，动员全社会齐抓共管，形成高压态势。时任县委书记江华安、县长符永高度重视大力支持，很快就批准了我们的工作方案。

我们很快将工作方案落实到行动上。在抓捕行动上，我们成立指挥部，我任总指挥。公安机关迅速摸清底数，列出抓捕名单。我们组织全县干警和三警部队官兵数百人，采取集中优势兵力各个击破的办法，一个镇、一个镇地进行集中围捕。各镇委政府都给予密切配合大力支持。为了更好地调动参战人员的积极性，我还提出了奖励的办法，即抓获一名逃犯奖励多少钱，抓获一名吸毒人员奖励多少钱。仅用一个多月的时间，全县就抓捕了逃犯和吸毒人员共 200 多名，取得了重大的胜利，社会治安一下子就好了许多，老百姓拍手叫好。这是我到临高抓的第一件大事。在建戒毒康复农场上，从选址到征地，以及争取省政法委的资金支持，我都亲力亲为，终使农场得于建成，大大地缓解了我县治安的压力。在抓综合治理上，除了抓动员全县各镇农场开展综合治理、实行一票否决的"面"工作外，我还注重抓"点"上的工作，组织政法委、公安局和临城镇的同志，深入到全县发案率最高的临城市区开展治安联防工作。用了两个多月的时间，先后在市区的七个居委会中成立了七支治安联防队，共 100 多人。他们在居委会党支部的领导下，在辖区派出所的指导下，在各自的辖区实行全天候的治安巡逻，有效地震慑违法犯罪。有违法人员如是说：现在临城"生意"不好做了，赶快跑吧！案件少了许多，老百姓的安全感也好了许多。要保持这种局面，关键的是联防队的经费问题。为了解决这个问题，我本着"花钱买平安"和"属地管理"原则，一个居委会、一个居委会地召开座谈会，动员居委会辖区内各机关单位和私营企业老板为居委会捐款。此外，我还决定从政法委不多的工作经费中，固定每月拿出7000 元给七个居委会，每个 1000 元，从而保证了治安联防队的正常运转。

在全县的共同努力下，我县的社会治安有了明显的好转。我县被省授予全省2005 年至 2006 年度社会治安综合治理先进县。这块匾牌至今还悬挂在县人民会堂里边，每当走过看到这块匾牌时，我都会不由自主地驻足，凝视良久，联想颇多……。

2007 年换届到政协，我自然很开心，不仅官升一级，更重要的是工作压力少了许多。其实这一届五年我并不轻松，也许是多年工作习惯使然吧。这五年，我始终秉承着"人民政协为人民"、"主动作为"和"创新"的工作理念，积极带领全体政协委员认真履职。"主动作为"和"创新"主要表现在把工作的软任务变为硬任务。比如民主监督这一项，我们组织政协委员3至5人一组分派到全县各相关单位去，并协调好各单位给我们的委员颁发"民主监督员"证书。在开展工作上明确监督的内容，在管理上明确由各位副主席和专委分片包干，并定期组织检查抓落实。这样一来，极大地调动了委员的工作积极性。这一做法，恐怕全省只有临高了。又比如提案工作这一项，为了提高提案的落实率，我们组织委员到提案的承办单位去，跟踪督办，并且定期检查督办情况。实践证明，有人督办与没人督办大不一样。因此，这五年我县政协提案的落实率是逐年提高，创历史新高。既调动了委员写提案的积极性，又促进了我县经济社会的发展和进步。这一做法，恐怕也是全省唯有临高。再比如社情民意信息这一项，我们把任务分解到各专委去，由分管的副主席带队深入基层调研，为县委县政府决策提供有价值有份量的依据，并组织跟踪信息的落实。

政协除了履行自身的工作职责外，还有一项重要的工作，那就是围绕县委县政府的中心工作，努力完成县委赋予的工作任务。这五年，在这方面，我们政协做了不少的工作，大的有三项：一是包点东英镇；二是外经公司拆迁安置；三是临调路整治。在包点东英镇上，县政协办公室是牵头单位。本着为百姓多办实事好事的理念，我们组织县挂点东英的十几个机关单位，分村包片，半年小结，年终总结，比一比、看一看哪个单位为百姓做的实事好事多。这五年，我隔三差五跑东英，不知跑了多少回，帮助群众解决了不少实际问题，也与东英的干部群众建立了深厚的感情，大有"回家"的感觉。在"外经"的拆迁安置上，关键是做职工的思想工作。我们都非常同情和理解这些职工的不容易，他们在这个地方居住了几十年，房屋破旧，且又没了工作，生活十分困难，再加上政府赔偿的标准不高，不足子新屋建造。但，为了临城的发展，又不得不拆迁。我把任务分解到各位副主席和"一办四委"，并提出工作的注意事项。为了做通职工的思想工作，我们的同志不分白天黑夜，没有礼拜六礼拜天，主动上门工作，动之以情晓之以理。经过两个多月的艰苦工作，硬是做通了他们的思想工作，顺利地进行了拆迁，按时完成县委交给的任务，受到县委的表扬。在临调路的整治上，我们主要工作是协调各方、排除阻力，确保施工队顺利施工。这工作不简单，既有拆迁房屋安置的问题，也有征地迁坟的问题等等。我提出"逢山过山，逢水过水，遇到什么问题就解决什么问题"的工作思路，并带领政协和有关部门的同志，经常深入实地召开现场会解决实际问题。经过半年多的努力，较好地完成县委交给的工作任务。

我在临高主要是经历这两个工作岗位。如果说还有的话，那是 2012 年初换届，我不再担任县政协主席，但又不到退休年龄（尚有近三年），总不能闲着拿薪水不干活呀！基于这种考虑，县委安排我到县关心下一代工作委员会（简称关工委）工作，担任县关工委主任。县关工委的工作，主要是动员全县离退休的老同志做关心下一代的工作。这工作也不好做，人家干几十年工作退下来了想清闲一下，你却还叫人家出来工作，且又没有什么报酬，确有点不近人情。但，为了我县青少年的健康成长，工作再难也要做，而且要把它做好。我是这样想的，也是这样做的。这三年，我也不轻松，有时候比在职时还要辛苦。这三年，在我们县关工委全体同志的共同努力下，我们建立健全了全县的关工组织，按照省关工委的工作部署，指导全县积极开展"五好"创建活动，为我县青少年的健康成长做了大量的、卓有成效的工作。让我想不到的是，我们的工作得到了省关工委和中国关工委的认可，2015 年，我县关工委被评为全国先进单位，20i6 年，被评为全省先进单位，我个人也分别被评为全省和全国的先进个人。更让我想不到的是，2015 年 8 月，我作为先进个人和先进单位代表，戴着大红花，在北京人民大会堂参加全国的表彰大会，还与中央领导同志握手、合影。这是我一生中最大的荣幸！我深知，这荣誉是上级和临高人民给我的，我感谢上级，更感谢临高人民。

写到这里，算是有个交代了。但我的心依然激动不已，久久不能平静。临高人的纯朴、热情好客，临高文澜江、高山岭的秀美山川，临高悠扬动听的"哩哩美"渔歌和人偶戏……，仍在我的脑海中涌动。那是我可爱的第二故乡啊！

衷心祝福临高明天更加美好；衷心祝福临高人民更加幸福安康。

2017 年 6 月

编者附记：陈雄，男，汉族，海南琼海人，1954 年 10 月出生，1972 年 10 月参加工作，1976 年 6 月加入中国共产党，历任保亭县法院副院长、通什市公安局局长、政委、党委书记、市委常委、政法委书记、东方市委常委、政法委书记、临高县委常委、政法委书记、县政协主席（在临高县担任县领导期间：2005 年 9 月—2012 年 2 月）等职。2015 年 2 月退休。

我的记忆

临高县委原副书记、临高县人民政府原常务副县长　郑平宣

我在临高工作度过了整整三十八个年头。踏遍全县的山山水水、田间地头，走村串户、访贫问苦，吃过千家饭，喝过万家水，跟老百姓"三同"（同吃、同住、同劳动），跟他们谈论生产、生活、过去、现在与未来，请教他们许多实践经验；农闲时也高兴同他们比肩曲膝喝酒聊天拉家常。在这里，总觉得跟他们久混一起，容易和睦相处，谈得来，说得通，所以切身体察到：临高人是一个勤劳朴实、敦厚善良的优秀群体，具有坚韧不拔又能吃苦耐劳却不喜张扬而默默奉献的高尚品质。他们过去遭受过天灾人祸，艰难险阻，从来不愿意离家背井逃奔异国他乡。历史上临高赢得"鱼米之乡"的美誉，是凭着一代一代人的智慧和毅力创造出来的。民间流传临高人一旦远离家乡出外读书、经商或当兵、升官，望不见高山岭（毗耶山），必定勾起思乡愁，热泪满襟流。体现了临高人对故乡的深厚亲情，永远眷恋这一片得天独厚、美丽温暖的沃土。时至今日，我虽是异乡人，对这也感同身受。

1952年，我从澄迈调到临高参加土改工作队起，经历区、大乡、公社到县领导岗位，分管过全县农业、工交、计划、国土、环保、城建、财贸、外经等系统工作，深深感受和体验到，只有落后的干部，没有落后的群众。因为临高人民中蕴藏着建设社会主义的伟大智慧和力量。作为领导者，要想把工作搞得好，就必须始终坚持走群众路线，"从群众中来，到群众中去"，与人民群众和基层干部打成一片，同甘苦、共奋战，才能调动他们的积极性，发挥他们的聪明才智，激发他们战天斗地的革命精神。例如，1969年我调任东英公社党委书记时，全公社广大干部和群众总动员，撸起袖子大干三个多月，挖通东西两条引水大渠道，西起拔色支渠道经殿当、文连直达罗堂、兰麦；东起城北支渠道经鲁倪、依古，架

设渡槽过文山坡，直达伴康、美夏与西渠道合拢，总长 20 多公里，还开挖一座蓄水库。两大引水渠道建成供水，可覆盖全公社 1 万多亩农田和坡地，彻底改变全地区的"望天田"。再苦干三年，全公社各项农村工作任务迎头赶上全县的前列。和新大队原来是"老大难"单位，1972 年全大队水稻亩产 700 多斤，当年上缴国家公购粮从往年的 16 万斤提高到 60 万斤。在搞好粮食生产的同时，东英公社率先创办起粮食加工厂、发电厂、农机修理厂、造船厂、砍伐队、建筑队等公社企业，为充实和提高农业生产水平摸索了发展新路。1976 年起，我协助黄强副书记分管全县农业工作，在县委的统一领导下，全县近十万劳动大军浩浩荡荡奔赴各"战区"，加大农田基本建设力度，健全和完善水利排灌网络，全面整治洋田坡地，促使粮食产量逐年大幅度增长，每年按期完成海南区党委下达临高负责儋县、东方、白沙、昌江和西部国营农场的部分粮食供应任务。到 1979 年全县实现了稻谷年产量超亿斤的历史最高记录。

1981 年我分管财贸工作的时候发现，临高的基层企业干部中，隐藏着不少深谙"生意经"的专业人才。上世纪八十年代初，财贸队伍迈出改革开放的步伐，在全海南来说是靠前的。1981 年，外贸部门利用本地物产资源优势，狠抓了临高乳猪、南宝鸭、香茅油、胡椒、尤鱼干等农渔产品出口，还在临城郊区建立一个小青瓜种植基地。全县农渔产品每年出口创汇 270 多万美元，三年按外汇提成 20% 共积累 120 多万美元。从 1983 年起，我协助刘名启县长分管财经贸工作，组建外经企业开展外引内联。四年时间，外经系统从仅有 3 万元人民币流动资金起家，发展到 5 个外引内联企业和 6 个独资企业，拥有 2000 多万元人民币固定资产的企业集团，为海南外经贸系统探索建立"外向型经济实体"新路子提供了宝贵经验。临高县外经委 1987 年被评为"全国外经贸系统先进单位"，临高县国际信托投资公司经理陈振长荣获 1989 年"全国劳动模范"称号。1989 年底，全县内联企业经国家海关批准出口退税盈得 700 万元人民币，其中 300 万元转入县财政 1990 年第一季度，促使全县一个季度完成全年税收任务。

过去有些人认为临高人"粗鲁好斗"，这是一个相当大的误解，欠缺公允。从我几十年亲历的，所谓临高给外界印象不好，毕竟只是极少数人所为，不能强加于全县老百姓头上。其实临高人素有直率强悍、不欺软怕硬的性格特质，绝大多数老百姓是心怀坦荡、通情达理的。上世纪八十年代间，县内发生了几起土地纠纷案，凡遇到难度大的，县委都指派我出面处理。例如，东英公社的文潭村与昌拱村土地纠纷案和昌黎村与和新村土地纠纷案，新安公社的王老诠墓地纠纷案，新盈公社的洋所村与万和村石场纠纷案等等，我在处理这些案件时，从不动用过政法公安队伍，仅带领一两名助手和短小精干的工作组深入调查研究，加强思想教育，以法与理劝说引导干部群众，化解误会和矛盾，每个案件都能妥善处理，使矛盾各方口服心服。在这个问题上，我认为，土地是农民的命根子，是主要经济命脉，珍惜和保护每一寸土地是他们固有的天性，也是对国家和集体土地的神圣义务，发生纠纷多半是由于原来土地划界不清、情况不明等因素造成的。从这个角度上看，引起矛盾纠纷，决不是无理取闹。所以作为领导者，只要能够秉公办事、妥善处理，问题就不难解决了。

临高人民具有优秀的革命斗争传统，"海南二十三年红旗不倒"革命斗争史实，临高应该占有浓墨重彩、永不褪色的光辉一页。据革命老前辈回忆，黎族首领王国兴发动"白沙起义"后，曾派人来临高找共产党施援，琼崖临高县政府曾分三批派出革命骨干和部队援助他们开展反清剿斗争直到取得革命胜利。抗日战争时期，琼西大南区抗日根据地的中心就是设在临高县南部山区境内（可惜这块区域的版图绝大部分在 1956 年时划归儋县管辖）。当年在这里，临高人民与日寇开展过殊死磨难、艰苦卓绝的斗争，临高出了个符志行是赫赫有名的抗日战将，他率领的抗日队伍，把日寇打得焦头烂额、闻风丧胆，几十年余悸未消。临高人民对琼岛革命事业的贡献是相当大的。不幸的是，解放初期由于极左路线的干扰，突发了"临高事件"，把几百名琼崖老战士错划为"地方主义分子"予以开除弹压，直到中央下达"拨乱反正"政策，1982 年才得以平反解脱。我时任常务副县长，又兼具体负责落实政策领导小组工作。根据中央政策的硬性规定，我提议"前人做错，我们不能再错"作为基本思路，尽可能慎重处理和妥善解决问题。据调查统计，县内有 500 名琼崖老干部战士及其受牵连的家属子女总共近千人，急需给他们安排工作、发放工资。为此，我多次跑海南区财政局请示，又直接到广州向杨德元副省长反映情况，得到省政府的关心和支持，同意每月增拨 70 万元专款及时解决了这个难题；同时，在条件许可下，还给部分老干部规划宅基地。这一大批蒙冤受屈二十多年的琼崖老干部战士终于盼到了"老有所为，老有所养，老有所归"的夙愿得偿。

能到临高工作，是天赐良缘，是我一生的荣幸。我从一个天真无邪的年轻小子来到这里，几十年经历过磨爬滚打，一步一个脚印地发育成长，离不开临高人民的熏陶、影响和帮助。我衷心感谢临高人民对我工作的理解、接受和支持。当我想念他们的时候，总是出现许许多多可亲可敬的笑脸，从心底里默默遥祝他们好好活着!

展望未来,远景无限。祈盼临高人民世世代代永续优秀传统,振奋精神,勇于开拓进取,善于改革创新,跟上中国特色社会主义新时代的步伐,把临高建成美丽富饶的幸福家园!

2017 年 12 月

编者附记:郑平宣,男,汉族,海南澄迈人,1934 年 5 月出生,中共党员,1951 年 11 月参加工作,1952 年 12 月调到临高工作,历任洋通土改工作队组长、副队长;加来区团委干事、区宣传委员、副区长、区委副书记;南宝大乡党委书记、加来公社党委书记兼社长、南宝公社党委书记、东英公社党委书记;临高县革委会副主任;临高县委副书记、常务副县长、代县长(在临高工作 42 年,担任县领导期间:1974 年 7 月—1990 年 3 月);澄迈县人大常委会副主任兼澄迈县大拉经济开发区招商委员会主任。1994 年 5 月退休,享受正处级待遇。

我在临高这三年

临高县委原副书记　林亚华

一九八七年三月，经原海南行政区党委某负责人三个半小时艰难的谈话后，我接受到中共临高县委任副书记的决定。所谓"艰难"，是指我土生土长在万宁，在万宁工作十七年，从人民公社一般干部干起，二十三岁就当了中共万宁县委常委兼县团委书记、公社党委书记，直至县委副书记。在一九八七年一月份万宁县副科级以上干部对县委县政府领导"民主评议、民主投票、民主推荐"的会议上，我项项是优秀，但面临的是平调任临高县委副书记。临高和万宁相距近300公里，在交通不发达的那个年代驱车要跨过八个市县，同时和临高群众接触语言又是一个问题。说实话，我是怀着忐忑不安的心情到临高县委报到的。

在临高工作整整三年，一九九０年三月在市县班子换届选举前夕，经省委考察，我被调配到省大型外贸企业任职。

然而，在临高这三年干得怎么样呢？这三年给我的教益有多少呢？

我在临高这三年，县委召开常委会议，分工指定我主管全县农业工作。临高地处海南西北部，是松涛水库的主要灌区，全年雨量充足，土地肥沃，面临大海，是海南粮食和海洋捕捞主产区，农业经济发展潜力大，前景好。由于各种原因，临高农业发展不如人意。我主管农业工作后，为了弄清农业生产的农情、民情，农业发展滞后的根源所在，组织农委、农业局、水产局、乡镇企业局用三个月的时间深入到产粮大的博厚、美台、波莲；多种经营发展潜力大的皇桐、多文、南宝、东英、美良；海洋捕捞的新盈、调楼实地了解农业发展的现状，多次召开乡镇、村委会、村民小组、群众代表和农业科技人员参加的各种形式的座谈会，共商临高农业发展的大计。我亲自执笔，写了一万多字的《发展临高农业之我见》的调查报告。从临高农业发展的现状，临高农业发展的思路，临高农业发展要解决的问题等多个方面提出我个人的见解递交县委。

我在临高这三年，在临高工作半年后，适逢海南建省。我认为，随着海南建省，一个大改革、大开放、大发展的新海南即将到来。作为主管农业工作的带头人，应该站在农业改革和开放的最前沿，利用临高良好的农业环境和自然条件，紧跟海南建省后的市场需求，扬长避短，彻底改变农业生产"日出而做，日落而息"的传统，大胆创新农业经济。在农委、农业局、水产局等一帮人的配合下，引导农民种植水稻往"高产优质大米香"方面发展，以实现粮食增产农民增收。一时间，临高的"七桂早"米成为全省餐桌上的美谈，产品供不应求。引导渔民造大船出深海捕捞，同时协调金融部门给予资金上的扶持。引导农民发展多种经营经济。农委带头在多文试种良种芭蕉成功后召开现场会作为引导农民的示范。通过招商引资台湾农业技术员，在水田里试种节瓜，一举取得成功。省委书记许士杰、省长梁湘多次来临高考察到瓜田看瓜，到稻田看水稻。临高农业上的创新，成为促进农业发展，农民增收的抓手。粮食、海洋捕捞这三年连续获得丰收，产值一年一个台阶提高。省委省政府在临高召开县委书记县长的农业经济发展现场会后，很快节瓜推广到全省种植。如今，芭蕉种植，节瓜种植已成为农民致富的门路。

我在临高这三年，认识到水利是农业的命脉。要发展临高农业，就要先解决水利问题。在完善、补充临高水利发展规划后，我利用联合国粮农组织支持的"2719"工程资金和农口干部走村串户发动受益区农民先行利用劳动力投入后争取"2719"工程资金落地。同时，又抓好全县一年一度的冬修水利工程。一九八九年末，国家主管农业工作的国务委员陈俊生在副省长陈苏厚的陪同下到临高检查农业生产和冬修水利工程受到好评。这一年，临高县的水利工程在全省的评比中，得分最多，获得第一名。在省委礼堂召开的全省农业工作会议上，我走上台接受省长刘剑峰的颁奖。

我在临高这三年，为了更加广泛地接触当地的干部和群众，我努力学习临高方言，千方百计地和群众进行简单的对话，让自己融入临高人民的心中。我和临高人民建立了深厚的牢不可破的感情。临高人民是我的衣食父母，我热爱这里的每一寸土地，一草一木，是临高人民给予我心灵的智慧，前进的力量，让我更加懂得做人做事。我很感激老天爷给我的安排，让我跳出了原来固守在万宁工作十七年的圈子，把个人患得患失抛之九霄云外，来到这片新的土地和临高人民一道施展拳脚，共同建设美好的临高，这三年的实践让我打开了心扉，开阔了视野。这三年我除了开会、学习和每月经许可含往返在内的三天假回家看看年迈的父母外，其余时间我都在临高天天往乡镇走，往农村农民家走，往田洋走，往海边走，尽量吸收临高人民的营养，成熟自我，丰富自我。临高是我第二个故乡，临高人民的热情、纯朴、忠厚给我的记忆是永恒的，历历在目。

时光荏苒。如今我离开临高已经二十八个年头了。但我非常关心临高，想念临高，更加想念昔日和我同舟共济工作的同事们，是他们成就了我。每当我从报纸、电视上看到临高的进步和发展，感到由衷的兴奋和欣慰。我点赞临高，愿临高在新的经济发展时期"关山初度，更知任重道远，和风应律，更要跃马扬鞭"，祝临高年年换新貌，临高人民幸福美满。

2017 年 6 月

编者附记：林亚华，男，汉族，海南万宁人，1953 年 8 月出生，北京首都经济贸易大学工商企业管理在职研究生学历，中共党员，1971 年 11 月参加工作，历任万宁县环城公社团委副书记、北坡公社党委副书记，万宁县委常委兼团县委书记、东岭公社党委书记，万宁县委副书记，临高县委副书记（在临高县担任县领导期间：1987 年 3 月—1990 年 2 月），海南省对外贸易集团公司副总经理兼海南省轻工业品纺织品进出口总公司总经理，海南省海信集团公司总经理、党委书记，海南省商贸企业改革办公室副主任等职。

清脆悦耳"啊罗哈"　婉转动听"哩哩妹"

临高县委原常委、县人民政府原副县长　陈玉文

1962 年 5 月，中国戏剧家协会主席、《中华人民共和国国歌》词作者田汉到临高考察文化，观看临高木偶戏团和临剧团演出后，对临高木偶戏的唱腔"啊罗哈"和临剧的曲调"嘿嘿妹"赞不绝口，留下了一首脍炙人口的诗篇："椰子林边几曲歌，文澜江水袅新波。此间亦有刘三妹，唱得临高生产多。"

1978 年 9 月，组织安排我到木偶戏和渔歌"哩哩妹"的故乡临高县工作，任中国人民解放军临高县人民武装部政委，兼任临高县委常委。当时临高正在开展民兵训练，开展学习全国英雄坦克手许森、宣传郭兴福民兵训练法、唱革命歌曲：不爱红装爱武装等活动。经过郭兴福民兵训练法训练的民兵，不仅"召之能来，来之能战，战之能胜"，而且在强敌面前，敢与之刺刀见红，稳、准、狠消灭敌人。新盈民兵连，联系自己的实际，学习郭兴福民兵训练法，训练海战、夜战、边防战，搞得有声有色。海南军区副司令员马白山来考察，认为这样的训练看得见、摸得着，批准新盈民兵连代表临高县民兵参加全岛民兵比武，结果新盈民兵连获得优秀成绩。

民兵的思想政治学习内容，主要是英雄坦克手许森的先进事迹。许森家在临高县奇地村，参军前是一位基干民兵，入伍后不久被分配到中国人民解放军某部坦克团当坦克手，在对越自卫还击战中，显示出了他的勇敢、善战。某次战斗，敌占优势，在边打边撤退的过程中，敌军坦克群突然出现将许森的坦克团团围住。许森沉着应对，边打边撤退，最终突破敌军的坦克包围，但许森的坦克被打中十九处，许森也身负重伤。我们请许森把这种一不怕苦二不怕死的革命精神，向民兵们做了十多场报告，场场掌声不断，民兵们说：许森的革命精神是属于人民的财富，我们要学习好，落实到行动上，搞好民兵训练，搞好生产，保卫祖

国，为国家的发展做贡献。

1982年1月，我转业到地方工作，任临高县委常委、县人民政府副县长，分管宣传、统战、文化、教育工作。1984年6月任临高县委常委、分管宣传、统战、文化工作。今天，我已经离开临高28年，但清脆悦耳的"啊罗哈"和婉转动听的"哩哩妹"仍常常萦绕在我的耳旁，令我心旷神怡，愉悦无比。

我在临高县履职11年，发扬党的优良传统和作风，勤勤恳恳抓好所分管的工作，取得了一定的成绩。为临高的经济发展和社会进步奉献了绵薄之力。

首先是抓好理论宣传教育。1982年9月，党的十二大胜利召开。我按照县委的统一部署，组织全县深入学习宣传贯彻党的十二大精神，把思想统一到党的十二大精神上来。1983年7月1日，《邓小平文选》在全国公开发行后，我按照县委的统一部署，推动全县迅速掀起了学习宣传《邓小平文选》的热潮，用邓小平建设有中国特色社会主义理论武装头脑。1987年10月25日至11月1日，党的十三大胜利召开。十三大的主要历史功绩，是比较系统地论述了我国社会主义初级阶段的理论，明确概括和全面阐发了党的"一个中心，两个基本点"的基本路线。我按照县委的统一部署，组织全县深入学习宣传贯彻社会主义初级阶段理论，举力各种形式的培训班，召开经济体制改革理论研讨会，组织宣传经济体制改革理论。1989年北京政治风波后，我按照县委的统一部署，切实抓好全县的宣传教育工作，着重从理论与实践的结合上消除资产阶级自由化思潮的影响，让马克思列宁主义、毛泽东思想和邓小平建设有中国特色社会主义理论更加牢固地占领意识形态领域。

其次是抓好统一战线工作。统战工作是我党的三大法宝之一，扩大和加强统战工作，是各级党委和政府的责任。临高县统战对象少、华侨少，扩大统战工作说时容易做时难，但我们的统战部长李春让，是个硬汉子，他明知山有虎，偏向虎山行。在县委县政府的支持下，李春让召开了干部会议，派干部去各乡各镇调查统战对象。在调查过程中，有人反映：国民党学生训练团、学生处处长是临高人，海南解放时跟人跑去香港或台湾了，领导认为这个消息非常重要，立即派人去香港调查。经过多次、反复的调查，终于调查到此处长叫赖武祥，他和他的爱人都是临高人，有个弟弟。从与赖武祥夫妇的接触过程中，我们知道他们想念弟弟，于是就让他弟弟出来工作，并带他去香港见他的姐姐、姐夫，他们全家都很高兴，明白我们帮助他是真的，说的话也都是真的，所以对我们的态度有了一百八十度的转变。赖武祥主动把在香港20多年了解到的情况告诉我们，使我们了解到在香港临高籍的台湾同胞有 20 多人。我们便趁此机会与大家商量，在香港建立临高联谊会。开会时邀请有关人员参加，联谊会开的热闹且成功，而赖武祥又主动把这种情况反映给台湾的临高乡友，台湾临高乡友听了十分高兴，我们便再次趁机向原国民党临高县长陈镇亚发出邀请，希望他有机会回家看看，父老乡亲们都很想念他；陈镇亚则表示十分高兴，待自己身体好后就回家看看；我们表示若现不方便回来可否与我们临高县县长通话，陈镇亚同意，至此实现了国共两党县长的通话。在海南行政区统战工作会议上，统战部长周松表扬临高县积极开展统战工作，值得全岛学习。

再次是抓好群众文化工作。临高县历史文化底蕴丰厚，群众文化活动非常活跃。我在临高分管文化工作期间，每年节庆日都组织全县上下踊跃参与积极开展丰富多彩的群众性文化活动。民间文化艺术汇演、戏剧调演、书画摄影展、元旦灯展和爱国主义影片、科技影片汇映等大型群众文化活动接连不断，异彩纷呈，全县城乡一派喜庆、祥和的节日气氛。人偶戏、临剧、哩哩妹、咙么哩、龙舞、狮子舞、八音舞等传统艺术成为群众喜爱的文化娱乐活动。

临高人偶戏亦称临高木偶戏、临高佛子戏，是用临高方言演唱的地方剧种，是我国木偶艺术园里稀有的剧种，堪称"世界少有，中国一绝"。临高人偶戏的唱腔以"啊罗哈"为主，优美动听，自由活泼，富有地方色彩。临高人偶戏的艺术特点是人偶同演，表演者化装登台，手擎木偶，唱念做打，均与所持的木偶同演一个角色，表演者时而边操纵木偶边唱戏，时而以演员的表演补充木偶表演的不足，从古至今，自成一派。1962 年 5 月，中国戏剧家协会主席田汉到临高考察文化，观看临高县木偶戏团演出后赞不绝口，曰"稀有品种，不同凡响"。然而，这个当年被田汉赞为"稀有品种，不同凡响"的中国戏剧百花园里的奇葩，随着多元化艺术形式的兴起与昌盛，面临着越来越多的冲击和挑战。为了让临高人偶戏这朵艺术奇葩在祖国艺术的百花园里更加绚丽多彩，我们坚持"在保护中发展，在发展中保护"的原则，推动人偶戏在偶像制作、表演艺术、音乐唱腔、布景灯光等方面进行改革创新，使这一古老剧种焕发了青春，充满了活力。经过改革创新，临高人偶戏更加接地气，人民群众非常喜爱，唱不绝口。在日常生活中，男女老少都喜欢哼唱一二段，甚至不少老人和孩童，也能随口唱上几十句、上百句。特别是每逢祭祖、婚庆、生日、节假日以及家中孩子考上大学等喜庆日子，人们总要请来木偶剧团演出助兴，人偶戏已经深入人心，成为临高老百姓文化生活重要的组成部分。

这一时期，临高新盈、调楼、美良、东英、美夏一带的渔村，村村都有渔歌"哩哩妹"演唱队。撒网捕鱼时，面对蓝色大海，激情涌动，情绪高涨，渔民们就会情不自禁地开口来一段"哩哩妹"；在渔村里，大海边，渔姑补网，大家往往顺口哼上一段"哩哩妹"以解乏；闲暇时，或者举行结婚仪式时，男女青年各坐一边，互相用"哩哩妹"曲调配以现实生活中的事物、感受为歌词，进行对歌，看谁编得快，对得妙，以分胜负，胜者脸上放光。渔村的夜晚，处处飘荡着年轻人的对答唱、吟唱"哩哩妹"的优美曲调。此外，渔村节庆日，总少不了"哩哩妹"渔歌，以活跃人们的文化生活。

第四是抓好精神文明建设。在临高履职期间，我始终坚持"两手抓，两手都要硬"的方针，高度重视加强和改进精神文明建设工作。1982—1989年，每年都组织开展"学雷锋树新风"活动，临高大地涌现一幕幕"活雷锋"景象。1982年8月，我积极推动县委召开了"两文明"（物质文明和精神文明）建设先进集体、先进个人表彰大会，表彰了一批先进集体和先进个人，大大促进了临高县两个文明建设。1982年，我还按照县委的统一部署，精心组织开展"五讲、四美"活动，1983年增加"三热爱"内容，变为"五讲、四美、三热爱"活动。1983年按照县委统一部署，组织全县开展向张海迪学习活动。1986年，按照县委的统一部署，认真组织全县干部群众学习宣传贯彻《中共中央关于社会主义精神文明建设指导方针的决议》，把思想统一到《决议》精神上来。

第五是抓好教育工作。百年大计，教育为本。我分管教育工作期间，全面贯彻党的教育方针，调整布局，整顿校风学风，发动群众办教育，改善办学条件，提高教学质量。1982年至1984年三年间，全县共有270名考上大专院校，278名考上中专。与此同时，普及小学教育、函授教育、职工业余教育和扫盲工作也取得了新的成绩。我们全面贯彻党的知识分子政策，尊重知识，尊重人才，积极主动为教师办好事实事。截止1984年，有关部门按政策认真为教师家属办理农转非手续，办理了721户，3824人，教师的住房条件也逐步改善，一批教师喜迁新居，大大调动了教师教书育人的积极性，教育质量逐年提高。

星转斗移，花开花落。1989年11月，我调到海南省委统战部工作。我在临高工作期间，得到了临高干部群众的关心和厚爱，我铭记在心，感激永远。临高人热情好客，慷慨豪爽，重情重义。如今我虽然离开临高28年了，但临高父老乡亲一如既往的对我给予关心和厚爱，他们不时有人给我打电话问寒问暖，有些同事或同事的子女还不嫌路途遥远，亲自到海口来看望我，和我一起共同分享临高近年来发生的可喜变化，令我感动不已。

衷心祝福临高——我的第二故乡更加灿烂辉煌！衷心祝福临高父老父亲，更加幸福安康！

2017 年 7 月

编者附记：陈玉文，男，汉族，海南定安人，1932 年 2 月出生，中共党员，大学学历，1949 年 7 月参加工作，历任秘书，中国人民解放军临高县人民武装部政委兼临高县委常委，临高县委常委、县人民政府副县长（担任临高县领导期间：1978 年 9 月—1989 年 11 月），海南省委统战部工商经济处处长等职。1992 年 2 月离休。

十四年临高路　一辈子临高情

临高县委原常委、县委组织部原部长　张德智

　　春来秋往、草枯木荣，变的是时间和身份，不变的是真情与大义。如今我虽然离开临高 27 年了，但我总感到在临高工作十四载，倾注了自己的情感，收获了父老乡亲的情义。

　　1976 年 2 月，我从部队转业分配到临高，任县委组织部副部长，1984 年 7 月任部长，1987 年 4 月任临高县委常委兼任县委组织部部长。在任临高县委组织部长期间，为临高的组织建设、干部队伍建设，推动县域发展躬耕细作、矢志不渝。

　　首先是认真抓好干部队伍"四化"建设，不断优化干部队伍的智能结构。毛泽东同志曾经指出："政治路线确定之后，干部就是决定的因素"。我任组织部长期间，按照实现干部队伍的革命化、年轻化、知识化、专业化的"四化"方针，出点子，定方案，积极协助县委完善领导班子群体结构，进一步实现干部的新老合作交替，健全各项制度，改进领导方法和工作作风。在调整领导班子选拔使用干部时，我们认真贯彻《中共中央关于严格按照党的原则选拔任用干部的通知》精神，本着服从于、服务于社会主义四化建设战略目标的需要，联系临高县各单位、各部门领导班子中的智能结构上还存在着年龄偏高、文化偏低以及不适应新时期领导工作的状况，按照领导班子要有合理的年龄结构、知识结构、专业结构和智能结构的要求，对此作了适当的调整，大胆地提拔和使用能人，把一批德才兼备、年富力强的优秀中青年干部充实进各级领导班子中来，逐步改变了临高干部队伍的智能结构。

　　我们还根据中央关于改革干部管理体制要贯彻"管少、管好、管活"的原则和广东省委粤发〔1984〕34 号以及海南行政区党委组织部琼组字〔1985〕04 号文件精神，结合临高的实际情况，对干部的管理机构、管理制度和管理方法等方面作了相应的变革。1985 年 4 月，县委组织部下发了《关于股级干部管理权限的通知》（临组字［1985］10 号），给 226 个股级企事业单位下放了干部管理权限，使我部管理的股级干部比原来减少了 518 名，从而大大缩小了管辖范围和干部人数。同时，我们还加强对放权单位干部管理工作的指导，严格任免程序，采取切实有效措施，加强宏观管控和监督，真正做到了"管少、管好、管活"。由于干部管理权限的下放，实行"管少、管好、管活"的原则，不断完善干部的管理体制，对干部管理工作带来了很多好处，既简化了任免手续，及时解决调配问题，又增强了主管部门管理干部的责任感。

其次是切实加强干部培训，提高干部素质。培养提高干部，是党的一项重要的干部政策，也是干部队伍建设的一项经常的重要任务。随着社会主义现代化事业的不断发展，大量新干部不断地进入干部队伍中来，这就要求不断地提高干部队伍的素质。我们根据上级有关要求，采取有效措施切实加强干部培训工作。我县在地方财政较为困难的情况下，积极创造条件，广开渠道，大力发展干部中专培训，会同县委党校、临高师范学校、县教师进修学校、教育局等有条件的单位，挖掘潜力，扩大干部中专招生规模。同时还进一步做好干部专修科和其他大专班学员的选送工作，并认真抓好干部短期专业培训，不断提高干部的业务水平。仅 1986 年，临高县各级干部在各高等院校干部专修科参加学习的有 83 人，参加"五大"（电大、函大、业大、职大、夜大）学习的有 226 人。各类中专培训 589 人，短期培训 97 人，为我县干部队伍素质水平的提高，打下了良好的基础。此外，我们还通过电教片，对广大党员干部进行有声有色的教育。1986 年下半年，县委组织部电教人员根据临高民情、风采的特点，经过艰苦的努力，在短短的 3 个月时间，自编、自导、自摄了我县第一部电教片——《老区村里的党小组》。该片于 1986 年 12 月下旬在陵水县参加全岛电教片观摩会上，受到海南区党委组织部的表扬。1987 年，我县的电化教育在巩固中发展，大幅度地增加数量、提高质量，摄制了电教片 7 部，其中一部《莲花情》，组织党员干部收看 90 多场，达 7000 多人次，收到了很好的效果。

再次是积极发展新党员，增加党组织的新鲜血液。吸收发展新党员，是党的基层组织的基本任务之一。我们认真贯彻"按照标准，保证质量，改善结构，慎重发展"的十六字方针，在发展党员工作中，既坚持党员的标准，成熟一个发展一个，又组织力量对新党员的质量进行检查总结。各级基层党组织在发展党员工作中都严把质量关，加强了培养、教育、考察工作，有的党组织实行"三考察"（发展前、预备期、转正后的考察）、上党课、压担子、定人包干责任制等制度、保证了新党员的质量。1985 年至 1987 年 3 年共发展新党员 1188 人，1988 年至 1989 年的新党员发展工作又跃上了一个新台阶。

第四是切实加强党的基层组织建设，充分发挥党的基层组织的战斗保垒作用。党的基层组织是全党组织体系的基础，是基层单位中的政治核心，这是由党的先锋队性质和执政地位决定的。党的基层组织是党的领导在基层单位实现的有力保证。几年来，我们采取有效措施，切实加强党的基层组织建设。一是清理党员档案，加强党员管理。临高过去农村党员的档案长期以来管理混乱，保管不妥，不利于对党员的管理，尤其是在商品经济中党员流动性大的情况下，这个矛盾更为突出。为了加强党员管理，1988 年初，我们以美台乡为试点，取得经验，4 月中旬召开现场会，全面铺开清理党员档案工作。全县共清理了 4535 名乡镇党员的档案，对组织关系已介出而党员的档案仍在原单位的 291 份档案办理了移交转送手续，对已逝世的 278 名党员档案做了登记处理，对一些无入党志愿书或无整党登记表的做了补救措施，对夹放于党员档案的的黑材料取出销毁。各乡镇都建立健全了党员档案管理制度，做到了"四专"：每位党员都有专门的档案袋，专人管理，专室、专柜存放。通过清理党员档案，有效地加强了对党员的监督管理。二是调整健全基层党组织，改进后进支部的工作。农村党支部作用的大小好坏，对农村工作产生很大的影响。我县有些农村党支部组织不健全，战斗力弱，对此问题，我们多次进行了专门的研究，强调要花大力气，调整健全基层党组织，改进后进支部的工作。1988 年，共调整农村党支部 61 个，支委 80 人。经过调整的党支部，都充满了生机和活力，如美台乡吾鲁村党支部，把德才兼备、年轻有为的党员充实到支部班子中以后，改变了过去软弱涣散的状况，当年为群众办了 4 件实事；兴建教学大楼、修水库、修道路、解决电灯照明，受到群众的赞扬。六道村党支部过去是半瘫痪的支部，经过调整后，充满了战斗力，把过去几年来都未建成的水利渠道一举完成，使 600 多亩坡地变成水田，该村由历年来不完成公购粮任务变成当年一造完成。三是健全党的组织制度，不断提高党组织的造血功能。1986 年 4 月，县委组织部转发了海南区委组织部琼组字〔1980〕02号文《关于坚持党的民主集中制》和《关于严格党组织生活制度的规定》，认真组织党员学习、讨论，恢复党内生活的各种制度。由于健全了党的民主集中制和党的组织生活制度，广大党员都能主动参加所在支部的生活会，形成了又有民主又有集中，又有统一意志又有个人心情舒畅的这样一种生动活泼的政治局面。四是树立典型，推动党的基层组织建设。在加强党的基层组织建设过程中，一些基层组织创造出了好经验。我们就把这些典型树立起来，用典型引出新时期党建的新路子。我们在1987年10月召开了我县历史上第一次的、大型的党建经验交流会。参加会议的有乡镇党委领导、农村党支部书记201人。树立3个党委10个党支部为典型，让他们的代表在会议上从各个侧面介绍加强党的建设的经验，使全县各级党组织向典型看齐，明确新时期党的建设工作的方向、方法，推动了我县党的基层组织建设。

十四年临高路，一辈子临高情。临高，历史悠久，文化灿烂，山水亮丽、空气清新；临高人，爱国敬业，诚信友善，重情重义，热情好客，乐于助人。我在临高从事组织工作14年，始终谨记"闻道有先后，术业有专攻"的古训，在使用干部的问题上不求全责备，坚持用人所长，尽量把干部推荐安排到最能发挥其所长的岗位上，让其有用武之地，推动工作顺利开展。在广大干部群众及县委组织部同仁的支持下，我也取得了一些成绩，1989年被评为全国优秀党务工作者，到北京出席全国表彰大会。临高人民对我的关心和厚爱，我铭记在心，感激永远。俗话说，滴水之恩，当涌泉相报。然而，我受了临高人民涌泉的恩情，竭尽全力，也只能是滴水之报！为此，我深感内疚和不安，只能日夜盼望临高更加美好。如今我离开临高27年了，但还常常有临高干部群众来看望我，与我一起分享临高发展变化的喜悦。特别令我感动的是，临高县委统战部的王贵章同志亲自登门看望我并向我约稿，希望我能把在临高工作的亲身经历和感悟写下来与临高父老乡亲共同分享。盛情难却，尽管我年事已高，但我还是欣然动笔写下这篇文章，谨以此文献给我最亲爱的临高人民，以我的寸草之心，回报临高人民的三春晖。

衷心祝福临高人民幸福安康；衷心祝福临高明天更加美好。

2017年6月

编者附记：张德智，男，汉族，海南海口人，1937年10月出生，大专学历，中共党员，1955年3月参军，历任战士、班长、排长、连指导员、营教导员、团政治处副主任，1976年2月转业分配到临高工作，历任临高县委组织部副部长、部长、县委常委兼组织部部长（在临高工作14年，担任县领导期间：1987年4月—1990年4月），海南省经济合作厅办公室主任、机关党委副书记、助理巡视员等职。1997年10月退休。

高山岭，看不到你会让我泪花流

——在临高县 1200 多个日子里

临高县委原常委　陈文笃

　　高山岭，是临高县西北部沿海地带的至高点，它傲视北部湾，是历代兵家必争之地。更因它与道教有渊源，故也称毗耶岭，是临高县的地标，更是临高人心目中的保护神，备受当地人崇敬和热爱。临高人常说，若外出看不到高山岭便会泪花流。1989 年底我调到临高县工作，我把临高当故乡，融入了真情，与临高人民同命运，共呼吸。三年后我奉命调离，其留恋之情难以掩饰，眼泪情不自禁地从泪泉喷发。在临高一千二百多个日子里，我与临高人民结下的情与义，一桩桩、一幕幕在脑海里回映着。

情真意切　融入临高

　　童年在海口度过，从小我是吃临高猪肉长大的。当年渡海解放海南临高角战斗的枪声，早已令人叹服。临高，我并不熟悉，但也不太陌生。

　　临高位于海南岛的西北部，那里居住着一群讲临高话、文化底蕴丰厚的临高人。它濒临北部湾，海岸线长，海产资源及滨海旅游资源极为丰富。全县地势自东南向西北倾斜，沿海地势平缓，土地肥沃。胶林并茂，田园如织。物产丰富，盛产粮、糖、油、鱼、盐等，临高猪是岛内外负有盛名的优良畜种。它素有鱼米之乡的美称。

　　我原在五指山腹地的保亭黎族苗族自治县工作，在那里度过 32 个春秋。1989 年 12 月我调到临高县，任中共临高县委常委。从保亭来到临高，是从山区到平原；从少数民族地区到汉区；从人口稀少的内陆小县到人口稠密的外沿大县；从文化落后的、贫困、封闭地到文化底蕴深厚的开放区。两地情况落差很大，我能行吗？我迟疑着。不久，我却收到远在北京的我的入党介绍人、中纪委副书记、监察部部长李至伦热情洋溢的来信，他深情地写道："得知你调到临高，非常高兴，这是好事。我相信你能很快熟悉，很快适应，很快进入角色。二十多年，我有个体会，自己不想争什么，把自己交给党安排。所以，想不到的事就太多了，我想不到到海南工作十多年，也更想不到又回到北京，也想不到现在又干起监察工作了。既然想不到，我也就不去想了，叫干什么就干什么，力求心安，竭尽绵薄，对得起'共产党员'这个称号。"除了祝贺，他更多的是鼓励。不但教我如何做事，更重要的是教我如何做人。来信为我指明了初到临高，融入临高，服务临高的工作方向。

所谓"很快熟悉，很快适应，很快进入角色"，这"三快"的真谛是希望我努力做到生活投入，感情投入，工作投入。要真情实意的融入临高，把临高作为自己的故乡，勇于担当，励志为民。但是万事开头难。当时我面前摆着的困难，客观上是人地生疏，主观上是疾病的折磨。三十多年来在穷山恶水中打滚，隐患着的风湿关节炎正在发作，痛得厉害。而临高亚热带海洋气候带来的阴湿天气，对我治病更加不利。县委何书记得知后深情的安慰我说，不怕，咱们临高有海蛇。其意是说它可治风湿病。应该说我也是有备而来的，强忍着。一边工作，一边打针敷药。到临高的头三个月里，我就奉命带领一工作组，深入到临高东南部的和舍、多文、龙波、东江、美台等乡镇，在县乡班子换届前对基层干部状况作一次普查和考察。这次下乡是我初到临高的第一次应考。通过考察干部，使我得以与广大基层干部群众做面对面的交流，既让我了解、熟悉干部，又使我从另一个侧面去撩开临高的面纱，了解当地经济、文化等层面上的问题。不过，这是一次走马观花式的，对事物的认识只是初步的、肤浅的。

革命不断深入，改革开放的浪潮滚滚向前。一九九一年，一个声势浩大的农村社会主义思想教育活动在全省展开。临高按照部署分两批进行，第一期开展七个乡镇。全县抽调大批干部组成工作团，由县四套班子领导带队，我率领一工作团下到美良镇。这次下乡是要蹲下来，查问题、找原因、办实事，帮助社队解决新时期新农村建设中所暴露的问题，需要真功夫。我自知自己是一名临高新兵，比常人要多费心，多流汗。在三个多月里，我和同志们同甘共苦，团结奋战，做艰苦细致的群众工作，较好地完成县委交付的"社教"任务。在全县总结评比表彰大会上，美良工作团被评为"先进工作团"，我也捡了个"先进工作队员"的称号。不久，第二期农村"社教"又在南宝等九个乡镇进行。意想不到的是，这次县委却给我压担子，让我担任"社教"领导小组的常务副组长，负责全县"社教"的具体指导工作。我深感责任重大和使命的光荣。党与人民相信我,我就勇敢担当,撸起袖子拼命干。最终在大家的共同努力下,我们不负众望,如期地完成"社教"任务。在这又一个三个月里,我再次借助这难得的机会,认识更多的乡村干部群众,熟悉这个独具特色的临高族群。我对临高的了解和熟悉逐步在深化。

纵观短短的三年,我跑遍了大半个临高。从喧闹的滨海渔港到僻静的小山村;从边远的马鞍岭边缘到秀美的高山岭顶峰;从东江河边到文澜江江畔,大都留下了我的足迹。优美的"哩哩妹"渔歌早已拨动了我的心扉,脆香的临高烤猪也令我陶醉,甜美的海蛇汤和临高温情已把我的风湿病完全治好了!我和朴实、慈祥、勤劳的临高人民攀上了朋友。可以深情地说,我已逐渐融入了美丽、多情的临高!

"进入角色" "舞"动临高

演员必须熟读剧本,熟悉剧情,融入角色,才能演出有声有色的话剧来。人是社会的一员,都是一名角色。我到临高任职,是当配角。配角在一出戏中是不可或缺的。我的职责是配合县委抓好宣传文化方面的工作。文化是民族的血脉,是凝聚人心的精神纽带。文化越来越成为经济社会发展的重要支撑,它与经济互相影响,互相交融,互相促进。可见它是非常重要的,我必须勇于担当,"很快进入角色"。

临高,在我的心目中是个文化艺术之乡,临高人是能歌善舞的一个族群。我是冲着振兴临高文化满怀激情而来的。可是,临高当时的一幕却令我深感意外:县城的文化设施破败不堪,文化部门几个单位都挤在那破旧的文庙里。电影院早已"关门大吉",工人文化宫也名存实亡。琼剧团早已散伙,演职员都浪迹天涯。新华书店经理也"割须弃袍",走了人。文化艺术人员少而不稳,各种文化娱乐活动大都开展不起来,县城静悄悄。此情此景却给我出了天大的难题。难呀难!艰难方显英雄本色,该出手时就出手。这时对我来说最需要的是冷静对待,不悲观,不气馁,瞄准目标,说干就干。经过一番调查研究后,我挑选群众最关心的、问题最多的、易动手且易见效的电影公司、新华书店开刀,从调整单位领导班子入手,寻找良方,对症施治。终于在较短时间里,使其"死"而复活,应该说这是我到临高的一次成功预演。

初战告捷激励着我的斗志。随着时间的推移,我逐渐认识到,临高人是一个独具特色的族群。临高县文化资源丰富,文化底蕴深厚,文化优势强劲。人们对文化艺术情有独钟，民间艺人人才济济，民间文化艺术丰富多彩。临剧、木偶剧以及"哩哩妹"渔歌是著名传统剧种，备受人民群众的喜爱。振兴临高文化艺术事业有条件，有优势，大有作为。于是，在领导层的鼎力支持下，我下狠招，在文化艺术层面打了"三大"战役：即大比"舞"，大展演，大文化。我决心让临高人民"舞"起来，振作起来。以文化兴"邦"，使临高的文化资源、文化优势转化为文化生产力、文化竞争力和影响力，从而最终助推临高经济社会的发展。

大比"舞"。舞蹈是一种有音乐伴奏的表演艺术，具有一定的技艺性，易为年轻人所喜爱。且它具有多元的社会意义和作用，如愉悦精神、运动健身、交友求偶、礼仪祭祀等。于是我便以"舞"作为突破口，以宣传文化部门为依托，并利用我还分管工、青、妇部门的有利条件，把它们扭成一股绳，统一领导，统一部署，统一行动，掀起一个大比舞活动。在县城分别举办县级干部职工、县企业职工、乡镇干部群众三场全县性的交谊舞大赛。通过跳舞大赛，把广大干部群众发动起来，组织起来。顿时，全县上下，从县城到乡村；从县级领导到基层干部群众，充分利用节假日、周末和空余时间，以能者为师，互教互学，大家一起来唱歌，一起来跳舞。原来静悄悄的县城顷刻间到处莺歌燕舞，热气腾腾。干部群众的精神振作起来了，工作热情激发出来了，领导层满意，群众也高兴。

大展演。就是在节假日，系统地组织各类文化艺术品及戏剧、歌舞等的大展出、大展演。临高人民有闹元宵的习俗，我就倡议，在1992年元宵节举办临高首届艺术节。活动内容包括临剧、木偶剧、歌舞、民歌民谣、书法、楹联、根塑、花灯、舞狮、八音等，在临城分类别的展出和展演。在元宵节的当天，还组织乡村民间技艺大巡游。同时，在县城举办临高美食节。这次活动其规模之大，内容之广是临高以往少有的。通过展演，做到城乡同乐、上下同乐、男女老少同乐。其特点是把民俗活动与日常群众生产生活结合起来；民间民俗艺术与现代文化艺术结合起来。通过展演，力求把民间艺术纳入正轨，提高其社会主义艺术内涵，弘扬主旋律，传播正能量，为建设新农村提供精神支持。

大文化。也即文化的大众化。就是文化工作要着眼于人民大众，而不是停留在上层，在县城、在节假日。而是要使其逐步推广开来，形成常态化、制度化、大众化。由于历史原因，临高经济发展相对滞后，它制约着文化事业的深度发展，导致乡村大众文化生活贫乏，这种状况务必尽快改变。为此，我通过学习外地抓好基层文化的经验和做法，结合临高的实际，草拟《临高县加强乡镇文化站工作的决定》的意见书，提交县委讨论，颁发施行。从而使乡镇文化站的业务有序地推进，取得比较好的效果，获得省文体厅的充分肯定。海南省委办公厅在1990年还在其《内部通讯》19期将其印发，向全省各地推介。全省文化工作表彰会议还特邀县委书记到会作专题经验介绍，后县委决定由我出席发言。此后，为进一步推进乡村文化工作，我又不失时机的利用专抓农村"社教"的机会，有意识的将实现农村通电、通广播、通环村公路和建设乡村文化室等，列入"社教"验收的内容，从而促进乡镇文化工作的纵深发展。

环顾初心　祝福临高

临高置县历史悠久，临高人是晚于黎族人到达海南的，它占据着肥美而适合农经的沿海地区，并逐渐形成自己的强势文化。今天，我们通过加大对地方文化资源和非物质文化遗产的保护、研究和利用，弘扬具有临高族群特色的历史文化，可以促进和服务当地经济的发展。一句话，就是不忘初心，继续前进！

临高文化底蕴丰厚的根源和象征在哪？我认为临城孔庙的建立和保存，极具代表性，它是尊儒重教的象征和重要工程。孔庙的建立，集祭孔、教学和藏书三位于一体，是地方发展教育，培养人才，振兴文化的重要载体。临城孔庙自修建以来，便培养出大量文人志士，如宋代举人戴定实，明代进士刘大霖，清代探花张岳崧等。但历经七百多年的岁月沧桑，临城孔庙已渐成危房残屋。但从总体上说，它仍是全岛保存较完整、规模较大的一处古建筑群。今天对孔庙的修复，是尊儒重教遗风的再现，必将对临高文化教育的振兴起到促进作用，我们何乐而不为呢？于是，1992年我便会同临高文化局局长吴明君等同志，奔赴文昌县考察，学习借鉴他们在修复方面的经验和做法。然后向省文化部门申报，请求拨款修缮。其修复工程即将开工之时，我却调离临高了。如今孔庙已修复完好，并列为省级重点文物保护单位。这是临高人民值得庆贺的大事。此并非我的功劳，但它也凝聚着我的点滴心血。

我国知名戏曲家田汉，1962年亲临临高观摩木偶戏表演，并赞叹称：它是"稀有品种，不同凡响，表演灵动，唱腔动听"。可见，在古老文化艺术资源的保护和发展上，临高木偶剧是一种有价值的艺术瑰宝。它是稀有传统戏曲剧种，自清康熙、乾隆年间已广为流传，历史悠久，艺术独特，群众喜爱。具有突出的历史、文化和社会价值，有深厚的群众基础和世代传承特点。但随着社会文化的发展，当今受到流行歌舞的冲击，娱乐多样化的影响，临剧、木偶剧已陷入后继乏人的濒临困境，急需挽救和保护。我到临高后，体会到父老乡亲们的急切期望。我本对木偶剧知之甚少。于是，我便借助乡下搞公期有临剧演出的机会，就下去观看，加深对它的了解和认识。此外我又有意的找一些老戏人、文化界的老同志叙谈，与他们切磋和探讨木偶戏艺术传承和创新问题。正巧1992年全国木偶戏汇演在京举行，我便以此为契机，着力关注木偶剧的创新问题，内容涉及编剧、服装、表演艺术等。人偶戏本是古老戏种，但当时演员却着西装演出，我意识到它的不协调性，提出立即改进。然后和全德亮副局长到省艺校聘请知名戏服设计师设计。我以此入手，进而与大家一起研究如何继承传统和艺术创新问题。每逢剧团彩排《花灯仙子》时，我便不辞劳累的亲临观看。自己对临剧虽不精通，但我的到来可引发大家对演练和改革的重视与刻苦。而我的一些不受框框束缚的意见有时也会从另一个侧面去引发大家的思考。在大家的共同努力下，终于使临高人偶剧《花灯仙子》赴京调演，获取音乐创新奖和演出奖。这次晋京汇演，是我对临高木偶剧的初探。在我脑子里还有两个设想：一是要编导一出"哩哩妹"渔歌剧；二是拟将临剧唱腔融进全县中小学教学内容，以推动临剧的普及与提高。但这些初衷都因我不久调离而未能实施，说来也是件憾事！

我们不但要加大对临剧、木偶剧等地方文化资源和非物质文化遗产的保护、研究和利用，还要从临高实际出发，深入挖掘红色文化，让红色基因代代相传，传播正能量，为经济建设提供精神支撑。

临高具有光荣的革命斗争传统。临高人民长期来所进行的不屈不挠的革命斗争，是海南人民坚持孤岛奋战二十三年红旗不倒斗争历程的重要组成部分。深挖这些红色文化，是对人民群众特别是青少年进行革命传统教育、理想信念教育所必需。于是我到临高不久，就把符志行、羊德光等一批早年在临高参加革命斗争的老同志，邀集在一起，对《中共临高党史大事记》作进一步的核实，补充和修改，最后定稿，为后来人提供翔实的丰富的革命斗争史料。我在工作中又不经意的在孔庙东北角发现一破败房子，一打听竟是临高党支部早年的活动场所，我视为珍贵的历史遗迹，其后力促将其修复。竣工后我还在那里举行复址仪式，借机对后人进行一次生动的传统教育。临高角，是解放海南渡海作战的主要登陆点，团县委书记王如琨向我提出，拟向上级部门申报，筹划在那里建立渡海作战纪念园，作为对青少年革命斗争传统教育基地。我极力支持。但不久，我调离临高。后在省政府的支持下，经过大家的共同努力，建成海南解放公园。如今已成为海南红色旅游的重要景点和爱国主义教育基地。

追忆历史，着眼未来。不忘初心，才能奋志前行。只有弘扬以爱国主义为核心的民族精神和以改革创新为核心的时代精神，才能推进中华民族的伟大复兴，更好地建设美好的家园。临高，我祝愿您明天会更好！

一九九三年开春，正当我以更高的热情投入到新一年工作的时候，却接到省委组织部的调令，把我调回文昌老家工作（合改调到省农业学校工作）。这是我离家外出工作三十多年后重返故乡，体现组织上对我的关怀，怎不高兴呢？但是，我在临高才历经短暂的三年零三个月。临高，我正在逐渐熟悉和适应，我对临高的工作才刚刚入门，留恋之情油然而生。但调动是工作上的需要，我只能服从。临行前我整理行装，不意中捡到县委组织部交来的1992年度县级领导干部测评反馈表，在"勤奋好学，具有本职工作所需的系统理论知识和较全面的业务知识，业务能力、解决实际问题能力"的专栏中，一百三十三名副局级以上干部参评者中，评我为优秀的49人，良好的68人，一般的16人，差的为零。优秀良好两项合计117人，占88%。这可能就是党组织与临高人民对我在临高三年来的工作鉴定吧！

秀美的高山岭，再见！

可爱的"故乡"，我会《常回家看看》！

2017年5月

编者附记：陈文笃，男，汉族，1937年3月出生，海南省文昌市锦山镇下溪坡村委会贝山村人，中山大学哲学专业毕业，1957年9月参加工作，1972年10月加入中国共产党，历任保亭县委办公室副主任、主任，保亭县委常委，临高县委常委（在临高县担任县领导期间：1989年12月—1993年3月），海南省农业学校副校长等职。

道是无情却有情

临高县委原常委、县纪委原书记　张鸿兴

1993 年 2 月，我走马上任临高县委常委、县纪委书记，在这个有些人认为得罪人的工作岗位上一干就是 5 年。然而人间自有真情在，世上还是好人多。我在临高履职 5 年，得到了临高干部群众的认可，跟他们结下了深厚的友谊。1998 年 3 月我调离临高，至今已有 22 年之久。在我离开临高的日子里，时常有临高的干部群众打电话给我问寒问暖，有些同志还不怕路途遥远，亲自到东方市看望我。特别令我感动的是，时任临高县纪委干事的王贵章同志不久前向我约稿，希望我能把在临高工作的亲身经历和感悟写下来，跟临高广大干部群众共同分享。缘于对临高干部群众对我们关心、厚爱之情，我欣然应允了。

我任临高县纪委书记期间，始终坚持纪检工作必须为经济建设服务的指导思想，全面履行纪检机关"保护、惩处、监督、教育"四项职能，紧紧围绕深化改革，扩大开放，发展经济这根主线，以积极主动的姿态，深入到改革开放的主战场，主动与经济部门的同志加强联系，努力做到在联系中增进理解，在参与中掌握政策，在服务中找准角度，在监督中把关定向，为经济建设创造良好的环境，保证经济建设的顺利进行。

首先是充分发挥纪检机关的"保护"职能。我当纪委书记 5 年，始终把保护干部作为履行职务的出发点和落服点。为了使从事经济工作的同志消除思想顾虑，进一步放开手脚冲向市场，我经常组织纪检干部深入经济建设主战场，注意研究和正确处理改革开放中出现的新情况、新问题，划清有关的政策界限。1996 年 6 月，省纪委在临高县召开部分厂长、经理座谈会，与会者普遍认为，县纪委给他们明确了哪些可以做，哪些不该做的界限，使他们吃了"定心丸"，工作的胆子更大了，发展市场经济的劲头更足了。对那些在"摸着石头过河"中敢闯敢干的开拓型党员干部，坚决给予支持和保护，对由于敢抓敢管而得罪人受到错告、诬告的干部，及时为其澄清了是非，使其感到公道自在人心，感到组织的温暖，他们的聪明才智进一步发挥，在发展临高经济中发挥了更大作用。

其次是充分发挥纪检机关的"惩处"职能。海南建省办大特区，实行各方位开放后，一些腐朽的东西乘机涌入，个别意薄弱者违法乱纪的行为时有发生，这些腐败现象阻碍了特区经济的超常规发展。据此，临高县纪委把执纪查案当作深化改革和经济建设服务的重要环节来抓。对大案要案，敢于碰硬，一查到底。对那些抵制改革开放，或阳奉阴违的，对钻改革空子，严重以权谋私，贪污受贿，腐化堕落以及严重官僚主义失职、渎职等案件，坚决查处。对不干事业、无事生非、诬告陷害者，轻者批评教育，重者以党纪论处，为经济建设创造良好的环境。1997 年，临高县一些党员干部职工参与私彩活动，严重扰乱了公共建设彩票市场的秩序。县纪委把禁止党员干部职工参与私彩活动当作反腐败的一个具体行动，积极协助县委县政府制订了《关于对党员干部职工参与私人彩票活动给予党纪政纪处分的暂行规定》，对置若罔闻者进行严肃处理，很快刹住了这股歪风。当然，在发挥"惩处"职能中，我们高度注意妥善处理执纪办案与生产经营的关系，在查处案件中，设身处地为经济工作部门着想，注意办案方法，做好案前、案中和案后的服务工作。查案前，考虑到办案时会对企业生产经营带来什么影响，提出相应措施；办案中努力做到查案工作与发案单位的生产经营相协调，保护企业的供销渠道畅通；结案后，帮助企业整顿班子，开展教育，做好防范堵漏工作，抓好建章立制，努力做到既查处违纪案件，又不影响企业正常生产。对违纪党员干部进行处理时，我们本着"惩前毖后，治病救人"的态度，依据有关规定可处分可不处分的干部，一律不处分，可低一档处分也可高一档处分的，一律给予低一档处分。在对违纪党员干部进行处理时，我们力求做到"事实清楚，证据确凿，定性准确，处理适当，手续完备"，确保每一个案件都经得住历史检验。

再次是充分发挥纪检机关的"教育"职能。毛泽东同志曾经说过："掌握思想教育，是团结全党进行伟大政治斗争的中心环节，如果这个任务不解决，党的一切政治任务是不能完成的。"党风党纪教育是党章赋予纪检机关的重要职责，是纪检工作的中心环节。要实现党风的根本好转，首先必须坚持"预防为主，教育在先"的方针，着重从思想上和世界观上解决问题。东汉政治家荀悦有云："先其未然谓之防，发而止之谓之救，行而责之谓之戒。防为上，救次之，戒为下"。而党风党纪教育正是未雨绸缪，防患于未然的上策之上策。在工作过程中，我们切实履行纪检机关的教育职能，采取有效措施抓好党风党纪教育。一是抓好党的基本路线教育。教育广大党员干部牢固树立以经济建设为中心的指导思想，坚持党的基本路线一百年不动摇。通过教育，使党员干部牢固树立"两手抓"、"两手都要硬"的思想，切实解决一手硬一手软的问题，把思想统一到党的基本路线上来；二是抓好典型教育。一方面是抓好正面典型教育，大力弘扬正气。及时总结和推广了一批党性强、作风正，敢于改革，敢创大业的先进典型，使广大干部群众学有榜样，赶有目标，干有方向。如我们总结了省优秀纪检干部王毓秀同志先进事迹，撰写了《党风卫士的情与爱》在《海南日报》上发表，收到了较好的教育效果。另一方面是利用反面典型进行案例教育，真正起到"处理一案，教育一片"的作用；三是抓好党的路线、方针、政策教育。特别是有新规定，新政策出台的时候，及时对广大党员干部进行宣传教育，使党的政策深入人心。同时，我们还从纪检部门工作角度出发，大唱改革开放的赞歌。肯定那些对扩大改革开放，发展外引内联胆子大、步子快、成绩斐然的单位和个人，以创造一个激人奋进，勇于竞争的氛围，推动经济建设超常规发展。

第四是充分发挥纪检机关的"监督"职能。实行党内监督，对于严肃党的纪律，保持党的纯洁，维护党的团结统一，发扬党的优良传统，保证改革开放和社会主义现代化建设顺利进行，都具有重大作用和深远意义。早在 1956 年，邓小平同志就指出，在党执政的条件下，"党除了应该加强对于党员的思想教育之外，更重要的还在于从各个方面加强党的领导作用，并且从国家制度和党的制度上作出适当的规定，以便于对党的组织和党员实行严格的监督"。几年来，我们采取有效措施对广大党员干部实行监督。一是政治纪律的监督，即每一个党组织或党员是不是自觉遵守党的政治纪律，在思想上、政治上、行动上与党中央保持高度一致，坚持四项基本原则，坚持改革开放，坚决反对资产阶级自由化；二是工作实绩的监督，考察党员干部是否在其分工负责的工作中有实绩。长期无政绩者，给予批评或建议有关部门予以撤换；三是工作作风、生活作风的监督，即是否有官僚主义积习和生活上搞特殊化；四是学习的监督，广大党员干部学习的自觉性，是不是重视学习马克思主义理论和当代科学知识，不断充实提高自己。

铁打的营房流水的兵。因工作需要，1998 年 3 月我调任东方市委常委、市纪委书记。我仅仅在临高工作 5 年，时间很短，对临高没有太多贡献，但临高干部群众对我这个匆匆过客给予了太多的厚爱和情谊。真是蘸尽五湖万顷水，写满蓝天千里云，也写不尽我对临高的眷恋。临高干部群众对我的关心和厚爱，我铭记在心，感激永远。今天，我已经离开临高 22 年了，我还常常梦里回临高，去看望对我恩重如山情深似海的临高兄弟姐妹。

衷心祝福你，临高——我魂牵梦萦的第二故乡！

2020 年 3 月

编者附记：张鸿兴，男，汉族，海南乐东人，1945 年 9 月出生，中共党员，大专学历，1967 年 8 月参加工作，历任东方县教育局科员、东方县纪委办公室主任、常委、副书记，临高县委常委、县纪委书记（在临高县担任县领导期间：1993 年 2 月 –1998 年 3 月），东方市委常委、市纪委书记等职。2005 年 8 月退休。

深植临城　为官一任　造福一方

临高县人民政府原副县长，临高县委原常委兼县委统战部部长、

临城镇委原书记　林宏杰

2003年初，临高县委换届时，我由临高县人民政府副县长转任临高县委常委，同时兼任县委统战部长和临城镇委书记。这是组织与临高人民对我的信任和重用，让我深感使命光荣、责任重大，也开启了我为政一方、造福一方百姓的人生经历。

临城镇是临高县的城关镇和第一大镇，一条文澜江贯穿其中，构成了临高县的政治经济文化中心，以及最大的农业大生产基地。全镇管辖有39个村（居）委会，户籍人口10多万人占全县近三分之一。历史以来，临城镇就因为人口多、辖区大、农村经济落后、城镇职工工资发放难等诸多困难，各项工作和建设面临着巨大的压力。所以，一到任临城镇，我就与镇委镇政府班子，连续用了三个月的时间深入基层，走遍全镇39个村（居）委会100多个自然村和街道，在调研中听民声、体民意，在思考中找出加快建设美丽临城的新思路新方法，在深植基层中改变临城经济社会的发展模式。从2003年至2006年，我主政临城镇委的4年里，以临城二环路为主体的市政基础设施建设拓展了临城镇的城市发展架构，以文澜江沿江两岸城市道路建设活跃了临城镇的经贸活动，以推广冬季瓜菜增加了农民收入，临城镇GDP年均保持12%的高速增长，实现了自己履职临城时"造福一方"的庄严承诺。

一、立足临城发展实际，提出并推动临城"三带"经济建设

2002年，临高县撤乡并镇，临城镇合并原临城镇、美台乡、美夏乡和博厚镇、东英乡各一部分一举成为了全县第一大镇。针对这一撤乡并镇带来的变化，我到任临城后，就迅速对全镇的未来发展进行调整。2004年初，我专门率镇党政

代表团赴广东省深圳、东莞和肇庆等经济发达地区学习考察，镇四套班子经过集体讨论，初步拿出了加快推进临城镇"三带"建设发展思路，即以文澜江沿江城区打造县城经济带、以美台地区打造热带农业经济带、以昌拱临高角打造滨海旅游经济带，并在自己任内一以贯之，也推动临城镇商贸、农业和旅游业的长足发展，得到了点赞与好评。

首先，以文澜江沿江城区打造县城经济带，我主要从三个方面抓基础突破：一是敢于创新抓东风路的社区改造，在镇财政资金十分困难的情况下，挤出有限的资金，对东风路几个社区进行了商业化改造，将原来的民宿变成了商铺，增加了城镇居民的收入。二是主动担责抓临城二环路的市政道路建设，亲自担任建设总指挥，与工作组不分昼夜深入群众做工作，一举拿下了搁浅一年多的二环路建设项目硬骨头，完成了县委、县政府交办的任务，也从此将临高县城的城市建设由文澜江北向江东扩展，撬动临高县城建设向外。临高县人民对此有口皆碑，都说是临高县解放以来建设得最成功的一条市政道路，是评价很高的一件大好事。三是加大对文澜江一号桥至二号桥沿江两岸的商业改造，特别是对江南市场的改造升级既改善了市政服务基础设施，又活跃了沿江商业活动，为临高县在解放路商业中心街之外又开拓了新的商业中心。

第二，以美台地区打造热带农业经济带，我主要抓了两个方面的农业产业发展：一是利用调俗洋田的良好农田，引进冬季瓜果菜和大棚反季节西瓜等种植，在传统水稻种植上再为临城老百姓创造了新的钱袋子。二是利用美台地区的坡地发展橡胶、香蕉、甘蔗种植，甘蔗下水田，同时也探索性的引进南药种植，在我任职临城的 4 年里，临城镇的橡胶种植面积达到近万亩，增长了 30% 多，香蕉种植面积达到 1.5 万亩，增长了近 100%，甘蔗种植面积达到 2.3 万亩，增长了 60%，成为了临城镇农业转型发展的一大亮点和增长极。

第三，以昌拱临高角打造滨海旅游经济带，我主要抓了三个方面的建设：一是引进临高角旅游开发公司，第一次在临高角进行全规划旅游开发，为之后临高带动各类旅游房地产开发探了路。二是发展临高角渔家乐，先后有 20 家渔家乐在临高角落户，既满足了游客的需要，更增加了昌拱渔民的收入，成为了当时临高旅游的一个重要去处。三是坚决打击沿海岸线上的各类违建，保护好临高角的海防林，也为之后昌拱沿海开发留下了宝贵生态环境财富。

二、以人民为中心，时刻把群众的利益和冷暖付诸于自己的施政理念当中

都说乡镇苦，乡镇工作难。其中的苦与难，我在 4 年的临城镇工作中百尝其味,但却甘之若饴。因为,乡镇工作让我明白了,什么是人民为中心,怎么样才能为人民服务。对自己在临城工作中为民办实事好事,我深感自豪的有这么几件事。

第一个是解决历史遗留问题。这是绝大多数履新的领导干部所不愿意触碰的事,但我却将这个作为自己抓基层工作的一个重要部分。正是基于此,我在当年临城镇财政十分紧张的情况下,每年专项安排出一笔资金,重点解决历史欠款,先后偿清了多笔近200多万元的历史旧帐(含拖欠干部职工的医疗费和抚恤金)。特别是,在处理临城联合厂和临城综合厂等上访事件中,我既冷静判断,又及时把握上访群众的动态,与他们面对面接访,一对一谈心了解,使得这些上访事件得到了妥善解决,较好地化解了矛盾,也维护了群众的利益。

第二个是发展农村基础教育。我始终秉执这样一个理念,再穷不能穷教育,脱贫就要靠教育。任职临城镇,我就力推筹建文澜江新中心小学和创办民办学校。在我的努力和多方协调下,民办创新学校在充分利用原有停产厂房创办民办创新学校的基础上成立了,成为了解决其他乡镇学生到县城就学的重要渠道,成为临高县民办最成功、管理最好、学习质量最高的学校。2005年,我还主动担起县委、县政府交办的筹建文澜江新中心小学的重任,亲自任总指挥,带领指挥部成员冲破层层阻力,如用地、拆迁、施工干扰等困难,建成临高县历史来最大最漂亮的文澜江中心小学。

第三个是大力改善农村生产生活条件。为改善农村生产生活条件,投入大量人力物力兴修水利和农田建设以及农村道路建设,极大改变了禄道村、龙跃村等几个村庄长年来望天耕作的落后面貌,使全镇的瓜菜、水果、水稻等农作物都大幅度增长,促进了全镇的社会经济发展。

第四个是狠抓计划生育工作。临城镇的计划生育工作向来是全县的老大难,人口多,辖区大,老百姓观念落后,工作难度大,本人带领全镇干部真抓实干,做大量深入细致的工作,狠抓计划生育工作,取得较好成绩,镇计划生育工作由全县的倒数第一,进步到全县计划生育合格先进镇。

三、当好带队班长,凝心聚力强发展

作为一县的领导班子成员和一镇之班长,我深知一个好班子是抓好工作的重要保障。所以,一到任临城,我就把正确处理"三个关系"、做好"四个表率"作为自己施政理念一以贯之,立规矩、讲规矩、守规矩,与镇班子同志一道在全镇形成了同心协力共推临城发展的良好氛围。

第一，坚持民主，正确处理好班子自身建设的"三个关系。一是正确处理好民主与集中的关系。作为镇党委书记在决策重要事项前要充分发扬民主，要坚持党委会或党政联席会集体研究，多听正反两方面意见，尤其是分管领导的意见，既要使班子成员做到知无不言，言无不尽，又要有自己独到的见解，一经集体研究作出的决定，每个班子成员都必须言行一致，不能各行其是。二是正确处理好党委与政府的关系。由于乡镇实行党政分设的领导体制，使镇存在两个相对独立的指挥中心，共同负责辖区内所有工作的开展。按照党委统一领导，政府全面负责，人大实施监督，分工协作，各负其责的原则，摆正班子成员的位置，实行党政管理一体化，符合精干高效的要求，符合农村经济发展形势，有利于加强党对经济建设的领导，并主动与镇长多沟通，融合双方关系。只有两个主要领导建立起相互信任，相互尊重，相互支持的关系，才能充分发挥乡镇领导班子的整体功能。三是正确处理正职同副职的关系。在思想上尊重副职，凡已经明确规定属副职职权范围内的事情，让副职独立负责地去处理。给副职分管工作的责、权、利，提高其内在的工作主动性和积极性。经常同副职通气商量，充分尊重副职的意见，对副职分管的工作拍板定案的问题，只要无重大原则性问题，一般不要去变更，即使发现确有不妥之处需要修正的也要先与副职商量，并且由副职自己去更正和处理。正是因为形成团结有战斗力的坚强班子，较好地完成各项工作任务，临城镇委多次被评为全县先进乡镇党委。

第二，以身作则，坚持做好四个表率。在工作中必须坚持抓大事，识大体，顾大局，时时处处以身作则，做团结的模范，做廉洁奉公的模范，做克服困难勇挑重担的模范，坚持做好四个表率：一是深入调查，实事求是，不弄虚作假。工作中坚持原则，顾全大局，深入调查，实事求是；二是勤于政务，乐于奉献，不谋私利。时刻牢记权力是人民给的，应为民办实事、为民谋利益，绝不能用权力去追求享乐，谋己之利。要清正廉洁，克己奉公，过好执政关、人情关、权力关、金钱关，经得住各种诱惑，做到自重、自省、自警、自励、自强；三是吃透上情，熟知下情。一方面要全面、正确、深刻地理解上级的工作布置，正确把握和处理全局和局部的关系；另一方面要经常深入基层调查研究，熟悉本镇的实际情况，才能使工作有所创新，富有成效；四是依法行政，互相监督。乡镇工作归根结底就是群众工作，因此，必须增强法制观念，依法治镇，依法行政，依法办理一切事务。

总之，在临城镇工作的 4 年，是我人生当中最难忘也最受益巨大的 4 年，让我深深地认识到："上面千条线，乡镇一针穿"是乡镇工作的真实写照；为当好镇委书记这个"家长"，就必须有深植乡土、造福一方的担当与责任。我是这么认识的，也是这么践行的，更在其中做到了为官一任、造福一方的初心。

衷心祝福临高更加灿烂辉煌；衷心祝福临高父老乡亲更加幸福吉祥！

2017 年 8 月

编者附记： 林宏杰，男，汉族，海南定安人，1958 年 9 月出生，中共党员，大学学历、工学学士学位，1975 年 8 月参加工作，历任大队干部，海南电石厂副厂长，海南省工业厅副主任科员、主任科员，东方市（县）人民政府副市（县）长，临高县人民政府副县长，临高县委常委兼县委统战部部长、临城镇委书记（在临高县担任县领导期间：1997 月 8 月—2007 年 1 月），现任海南省安全厅主任（正处）。

难忘临高情与爱

临高县人民政府原副县长、临高县委原常委、
县委组织部原部长　李洪澜

海南岛上临高美，山美水美人更美。到临高工作前，早就听人说，临高山青水秀，空气新鲜，自然环境优美；也听人说，临高人杰地灵，文化灿烂，临高人纯朴善良，重情重义，热情好客，助人为乐，人文环境十分优美。来到临高工作后，身临其境，亲身沐浴在真情大爱的海洋，果然名不虚传。临高父老乡亲张开双臂欢迎我，在工作上支持我，在生活上关心我，对我的情义与厚爱，使我终身难忘。

2005年11月，幸运之神敲响我的家门，我从海南省海洋与渔业厅调到临高县，任县人民政府副县长。2006年12月，转任临高县委常委、县委组织部部长。

在担任临高县委常委、县委组织部部长4年间，在县委坚强领导和省委组织部精心指导下，全县组织工作坚持以马克思列宁主义、毛泽东思想、邓小平理论和"三个代表"重要思想为指导，全面贯彻落实科学发展观，认真学习宣传贯彻党的十七大精神，围绕中心、服务大局，突出重点、统筹兼顾，全面加强领导班子和干部人才队伍建设、基层党组织和党员队伍建设以及组织部门自身建设，为全县经济社会发展提供坚强的组织保障和人才支撑。

切实加强干部队伍建设，打造一支想干事、会干事、干成事的干部队伍。"政治路线确定之后，干部就是决定的因素"。几年来，我们积极出点子，定方案，协助县委扎实推进科级领导班子和干部队伍建设，不断优化干部队伍结构。根据各单位缺岗及班子和干部考核的综合情况，做好干部的调配工作。在干部的选拔任用上，坚持"让想干事的有'舞台'，能干事的有'位子'，不干事的掉'帽子'"的用人导向。认真执行县委县政府的工作决策，对干部的调整和配备

工作，认真贯彻干部队伍"四化"方针和德才兼备原则，严格按照干部任用的有关规定做好干部的推荐、考察和调整建议，坚持把思想政治素质放在首位，注重实际工作能力、发展潜力和群众公认程度。我们还不断强化干部的监督管理，防止选任用人上的不正之风，认真贯彻党的十七大提出的提高选人用人公信度的要求，坚持预防、监督、查处并举，严肃纪律贯穿于干部选拔任用工作的始终。一是加大经常性考察工作力度。进一步扩大考察工作外延，把干部"八小时以内"与"八小时以外"生活圈、社交圈表现结合起来，全面掌握党员领导干部的真实表现；二是强化经济责任审计的监督作用。将经济责任审计与干部考察工作有机结合起来，按照有关规定，认真做好责任审计和工作需要审计等工作；三是强化组织监督。充分运用公示、试用、组织谈话、诫勉等组织行为，加强对干部任前、任中、任后的全程监督。

坚持人才强县战略，认真做好人才工作。我们认真贯彻全国和全省人才工作会议精神，立足县情，围绕"十一五"规划实施对人才的需求，加强人才的开发和引进工作。一是围绕人才战略目标，抓好人才工作统筹规划和宏观指导。根据《关于印发〈海南省人才队伍建设中长期规划纲要（2009-2020年）编制工作方案〉的通知》要求，我们围绕临高经济社会发展战略需要，制定下发了《2009—2020年临高县人才队伍建设中长期规划纲要编制工作方案》，并结合本县实际，设计调研课题，落实调研任务，扎实推进我县人才发展规划编制工作，努力形成上下衔接、左右协调的人才规划体系；二是强化服务意识，认真实施省人才智力扶持中西部贫困地区项目；三是逐步完善激励机制，促进人才发挥岗位效能作用。有机地把人才工作与干部选拔任用工作结合起来，认真推行干部人事制度改革，加大公开选拔工作力度，使各类优秀人才最大限度地发挥自己的聪明才智。建立了党政干部后备人才库，通过对干部平时参加培训的情况和对干部考察、干部年终考核进行的民主推荐，将表现突出的人员列入我县的人才库，进行跟踪培养，动态管理，并在适当时机及时向县委及用人单位推荐，充分调动了干部的积极性。

切实加强干部的教育培训工作。认真贯彻落实中央《干部教育培训工作条例（试行）》、《中共中央办公厅关于印发〈2010-2020年干部教育培训改革纲要〉的通知》和《海南省贯彻〈干部教育培训工作条例（试行）〉实施办法》、《2007—2011年海南省干部教育培训规划》、《2008—2012年海南省大规模培训干部工作实施意见》等文件精神，以"一个原则、四个创新"（"一个原则"

指主要干部重点培训，优秀干部优先培训，新任干部加紧培训，年轻干部强化培训；"四个创新"指创新培训内容、创新培训方式、创新培训形式、创新培训机制）为导向，将临高县培训工作直接与县委县政府的中心工作和临高科学发展新问题对接。一是按照干部管理权限，积极完成省部对县处、科级领导干部的调训任务，做好沟通协调、上报相关材料等工作，落实参训领导到位。仅2009年，就完成县处级领导干部7批8人次、乡镇书记等7批34人次的调训任务，有力推动了我县学习型领导干部的建设。二是加强农村基层干部培训工作，着力打造"双强"型农村基层干部队伍。举办各类农村党组织书记、村民委员会主任及其他村干部短期培训班，重点培训党的路线方针政策、法律法规、社会主义新农村建设、实用知识等内容。三是邀请教授专家开展专题讲座，大力提高干部领导科学发展的能力。结合学习实践科学发展观活动，县委先后邀请省委党校党委书记、常务副校长彭京宜，省委党校副校长王和平，省委党校教授王成艺等到临高开展了科学发展观、执行文化、行政诉讼法等有关专题讲座，切实提高了党政领导干部的素质和执政水平。

切实加强基层组织建设，不断提高基层组织的凝聚力和战斗力。按照"夯实基础，健全机制，创新载体，突出重点，整体推进"的工作思路，建立农村工作新机制，强基固本，扩大党的工作覆盖面，增强基层党组织的创造力、凝聚力和战斗力，发挥农村基层党组织凝聚人心、推动发展、促进和谐的作用，推动农村经济发展社会进步。结合临高实际，我们制定了《关于进一步加强农村基层组织建设的实施意见》，明确规定了加强我县基层组织建设的主要措施，通过"五个加强"，即加强村党支部书记队伍建设、加强村干部队伍的教育培训、加强对农村党员的管理、加强农村贫困党员帮扶工作和加强镇党委的龙头作用，不断推进基层组织的建设。根据省委五届五次全会精神，结合临高县第二批深入学习实践科学发展观活动，我们推动县委制定了《中共临高县委关于实施新时期农村党的建设"强核心工程"的意见》，县委组织部随后下发了《关于对〈中共临高县委关于实施新时期农村党的建设"强核心工程"的意见〉贯彻落实情况进行督促检查的通知》，积极推行镇、村干部"驻村、坐班"制度，要求镇驻村干部每周在村里驻村工作不得少于3天，村干部每天轮流坐班。实行"驻村、坐班"制度后，改变了过去群众找干部难、办事难的现象，镇、村干部的责任心明显增强，工作作风明显转变，工作效率明显提高，基层组织的凝聚力、号召办、战斗力进一步增强，得到广大群众的称赞。在加强对农村基层干部管理的同时，我们认真做好村（居）两委干部补贴发放工作，稳定农村两委干部队伍，激发农村领导班子活力。根据省委组织部、省民政厅、省财政厅《关于印发〈海南省农村（社区）党组织和村（居）委会干部补贴发放实施办法〉的通知》（琼组发【2008】17号）文件精神，我们多方面征求相关部门的意见，并结合临高实际，制定了《临高县农村（社区）党组织和村（居）委会干部补贴发放实施办法》，将我县农村干部的生活津贴标准按职务高低，共分为4个档次，确定各档次津贴标准。生活津贴重新调整后，村干部人均每月补贴为542元，补贴标准比原来提高了两倍多。同时将正常离任村（居）两委干部按任职时间、任职职位不同，划分为15类别，确定各类别的补贴标准。这些举措在一定程度上为促进基层稳定，调动村级干部的积极性起到了决定性的作用。此外，根据临高渔民流动党员数量不断增多，流动层面日益扩大的特点，我们不断积极探索，进一步做好渔民流动党员的教育管理工作，并在充分调研和总结的基础上，形成了《改革旧设置探索新模式加强海上流动党员的教育管理》的经验性总结材料，在2009年全省党建工作经验交流会上交流，受到省部领导的充分肯定。

做表率，树形象，切实加强组织部门自身建设。采取有效措施加强学习型、创新型、效能型、调研型、和谐型"五型"机关建设，强化组织部门自身建设，不断提升整体工作水平。一是牢固树立"组织部门是培养干部的摇篮，更是使用干部的典范"的新理念，不断增强组工干部的自豪感和危机感，不断加强组工干部的道德修养和思想作风建设。完善班子议事和决策机制，规范干部选拔任用工作，对人公正，对己清正，平等待人。加强内部管理，规范办事程序，严明劳动纪律和人事纪律。切实改善办公条件，不断提高服务质量和工作效率。不定期推出《临组动态》简报，要求每名组工干部每年必须有5篇以上信息稿件刊出，有效促进了组工干部的写作水平。二是加强信息调研工作，增强组织工作的主动性。定期深入基层调查研究，及时了解基层党组织工作运行和领导班子成员工作表现情况，为科学决策提供第一手资料。围绕干部选拔任用、干部教育培训、企业设立党组织、年轻干部的管理选拔培养等方面问题进行调研，促进了各项工作的有效开展。三是深化拓展"讲党性、重品行、作表率"活动，激发组工干部的创造性和工作热情。通过有声有色的学习教育活动，使全体组工干部加强了党性锻炼，提高了道德修养。组工干部工作作风不断优化，适应新形势、新岗位的能力不断增强，合理分工、互相尊重支持的工作合力逐步形成。

晨钟暮鼓，潮起潮落，转眼间我到临高工作与生活已有5年。因工作需要，

2010年12月我调到海南省海洋与渔业监察总队工作，离开了临高。在临高工作期间，虽然没有惊天动地的业绩，也没有多么耀眼的光环，但无愧于党，无愧于临高父老乡亲，基本上还算平平稳稳，没有大的风言风语，得到全县干部群众的认可。我调离临高的时候，不少干部群众来到我办公室跟我告别，依依不舍，希望我能留在临高再干几年。至今我已经离开临高7年之久，还经常有临高干部群众到海口看望我，他们总是对我说："你是个好人！"临高干部群众对我的评价，使我很欣慰，牢牢激励我要踏实做事、少追求官位，明晰自己的定位，多为老百姓谋福祉。

衷心祝福临高更加美好；衷心祝福临高父老乡亲幸福安康！

2017年8月

编者附记：李洪澜，男，汉族，1968年10月出生，海南儋州人，中共党员，研究生学历，物理学硕士学位，1993年8月参加工作，历任海南省海洋局（厅）海洋开发总公司职员，海南省海洋局康大海洋生物有限公司副总经理，海南省海洋局海洋开发总公司总经理，海南省海洋厅办公室副主任科员、综合处副主任科员，海南省国土海洋环境资源厅执法监察组副主任科员，海南省海洋与渔业厅渔政管理处主任科员、副处长，临高县人民政府副县长、县委常委、县委组织部部长（在临高县担任县领导期间：2005年11月—2010年12月）等职，现任海南省海洋与渔业监察总队副总队长。

难忘临高岁月

临高县人大常委会原副主任　林国英

1956 年初中毕业于儋州一中的我，于 1956 年 9 月被组织保送就读广东临高师范学校。1958 年下半年提前毕业从教，而后从政。当过公社党委书记、县农委主任、县人大副主任等职，在临高读书、工作达 34 年之久。

一、工作回顾

（一）开展农业学大寨运动。

1970—1984 年历任新安（美良）、马袅、博厚三个公社党委书记期间，从事农村第一线工作 14 年。

遵照县委的指示，贯彻执行党的"以粮为纲，全面发展"的方针，发动群众学习大寨，发扬大寨精神，自力更生，艰苦奋斗，大高农田水利建设，大抓粮食生产。

1.1970 年在新安公社任职时，领导和发动全社群众大挖东春三条引水渠共长 3 公里，将废水补充东春灌渠，保障下游罗崑洋田的灌溉。又于 1972—1973 年发动群众整治拔色洋、东春洋、罗崑洋等重点田洋。

2. 在马袅公社任职时，1975—1980 年领导和发动群众把和客洋、马袅洋、洋黄洋等建成高产稳产农田。从全县来看马袅面积虽小，但粮食贡献犹大，马袅公社被评为临高县农业学大寨先进单位，我获得学大寨先进工作者称号。我还领导和发动群众办成两件实事。一是修建"马临公路"。马袅有道海沟。当时马袅人往县城得从澄迈县福山公社转去。因此，在前届党政领导发动群众填海筑坝的基础上，我们组织民兵专业队填土修路，经过一年奋干，将"马临公路"修成通车，彻底地改变马袅有史以来穷乡僻壤的面目。二是修建水电站。利用洋隆溪废水，在县水电局的支持下，发动群众奋干一冬春，终于建成了 320 千瓦水电站，解决了农村农民照明的难题。

3.在博厚公社任职期间，1980年春季大抓甘蔗生产时碰到种苗缺乏问题。经调查得知儋县"八一"农场有种苗供应。我就请陈道强同志骑摩托车搭着我走六个多小时才赶到八一农场场部，因得到好友符衍裘科长（场部生产科长）的大力支持，买到了大量蔗苗运回分配。在头国大队种蔗近千亩的带动下，全公社完成县下达的种甘蔗任务，并取得了当年甘蔗丰收。

（二）利用机遇，大抓农业建设。

1984—1989年任县农委副主任、主任期间，先后在县委常委张治平、副书记林亚华的直接领导下工作。1987年经农委党组决定我管全面工作，续抓联合国援助项目"2719工程"。

1.切实抓好农委自身建设。农委领导成员实行分工负责，协调支持水电局、农业局、林业局、热作局、水产局等工作。大抓冬修水利，推广水稻杂交良种，大种工程林，造大渔船等。

2.实施联合国援助项目"2719工程"。临高县是松涛水库东灌区的重点县之一，获得援助项目款3000多万元。为此抽调有关部门领导同志组成县项目指挥部。在海南"2719工程"指挥部的指导下，配合支持南宝、美台、文澜江、博厚、波莲、美良、东英、新盈等乡镇，发动群众大搞农田基本建设。对重点洋田，实行人工平整渠堤和公路，铺种草皮；组织专业队伍整修田间斗、毛渠和机耕路，配套桥、涵、闸等基础设施。经过三年艰苦努力，终于保质保量地完成计划任务。1986年下半年至1988年上半年正是临高地区发生连续22个月严重干旱。但"2719工程"的完工，对抵御严重干旱起着非常重要作用。

3.接受任务给全县党员干部作报告。1987年间，县人事局和县委党校联合举办党员干部学习班，邀请我作报告，并给出题目：《农村政策与工作方法》。我乐意接受了任务，认真备课，给全县党员干部作了几场报告，受到听报告者的好评，这事说明了临高人民对我的工作的肯定和鼓励。

（三）积极主动抓好县人大常委会所分管的工作。1989年8月，我被任命为县人大常委会党组副书记，并被提名为临高县第九届人大常委会副主任人选。1990年4月30日，在临高县第九届人民代表大会第一次会议上满票当选县人大常委会副主任。我在县人大常委会任职时间不长，主要是协助许忠泰主任抓好县人大常委会内部日常工作，并做好县第九届人民代表大会第一次会议召开的筹备工作，使这次代表大会取得圆满成功。

（四）当好"联络员"，再为临高农业助力。

1991 年调任省农综办副主任时，在副省长陈苏厚指示下，省农综办审批临高水利项目"福山—头国渡槽"，全长 1 千米，投资 980 多万元。指定松涛水利管理局工程公司承包设计施工。又指定我为"联络员"，任务是监督施工质量，定期向陈副省长书面汇报。因此，我奉命重返旧地工作。当地工地工作是辛苦的。每天早出晚归，步行跟踪施工队伍，察看施工情况，如有问题要及时调解。该渡槽用近一年时间就保质保量地完成了施工任务。终于将松涛水灌溉博厚镇的文书、五尧、西田三个大队近二千亩农田，深得广大群众的称赞。

二、工作体会

我经历农业实践十九年，对"三农"工作颇有如下几点主要体会：

（一）当好公社（乡镇）党委书记，首先要具备为"三农"服务思想。因为你是党员、党的领导干部，必须遵循党的宗旨"全心全意为人民服务"。而为"三农"服务是这个宗旨之重要体现。具备为"三农"服务思想，是做好"三农"工作的前提。七十年代的农村有"两差"（环境脏乱差、生活条件差）。尤其生活条件差，与农民实行"三同"（同吃、同住、同劳动）是难点。谁都有担心日久吃不好，睡不好，还要劳动，会搞垮身体的考虑。没有为"三农"服务思想准备，肯定就过不了"三同"关。我于 1970 年被提任新安（美良）公社党委书记。当时我很感动，觉得党对我重用，同时觉得重任在肩。为报答党恩，面对现实，克服了私心杂念，下决心与农民"三同"。深入调查研究，想农民之所想，急农民这所急，帮农民之所需，努力做好服务"三农"工作。

（二）当好公社（乡镇）党委书记，要注意发挥"一班人"的作用。农村工作繁重艰苦，仅有第一把手的努力是很不够的。俗话说："火车跑得快全靠车头带"。做好公社工作，得靠公社领导班子"一班人"带动。如何发挥"一班人"作用？我是这样做：一是对整体工作实行明确分工负责，让各领导成员有施展才干的空间；二是对工作中出现重大问题与分歧矛盾，就发扬民主进行讨论或运用"批评与自我批评"进行解决，能有利于分清是非，团结同志；三是本人修养讲究谦虚包容。对平时个别常委（当时公社党委实行常委制）工作生活的缺失，持理解包容的态度对待；四是工作带头苦干，蹲好点带动面。例如任马袅公社书记时，党委常委曾现发（后任美夏公社书记）跟我三年蹲点昌富大队。榜样力量是无穷的。我以身作则搞好点上工作，各常委的工作也跟上来。

（三）当好公社（乡镇）党委书记，要注意密切联系农民群众。要认识到农民群众是农村的主体，一切工作都与他们切身利益相关，要得到他们的认同和支持，工作开展就顺利了。怎样联系群众？对新蹲点村庄，一是平易近人，主动接触群众。例如先从村干部、"三同"户那里查知农民的姓名，在路上遇见农民时就主动打招呼，问一问，这样就自然地消除陌生感。二是召开群众大会，宣传党的方针政策，教育群众提高思想觉悟。三是在群众中一时出现工作阻力，要调查清楚，正确处理，不能采取简单粗暴的作法伤害群众感情。

（四）当好公社（乡镇）党委书记，要敢于向社会上的违法乱纪现象作斗争。1982 年在博厚公社任职时，从贯彻执行党的十一届三中全会精神以来，农村出现了勤劳致富的大好形势。但也出现社会上一团伙流氓，留长头发穿牛仔裤，不务正业，在墟街上闹事或抢劫，还对大队干部谩骂报复。弄得有些干部群众心不安宁，影响农村工作的开展。为维护社会安定，组织公社干部、边防派出所的干警约 29 人，通过调查知道哪个村庄发生乱子，队伍就开到那个村庄进行打击，时隔不久很快刹住了那股歪风邪气。

记得县政府派干部支持博厚的打击行动的一个晚上，副县长符光勉指挥，队伍由县公安干警、公社干部等 30 多人组成。出发前经研究决定：1. 向团伙集结的抱河村挺进；2. 为避免团伙的警惕，只能走田间路，不走村大路；3. 在行军路上不准照手电。就这样队伍紧急摸黑出发了。当队伍行走离村二三百米时，由于我不习惯一不小心，突然间我摔倒难起。后发现碰着田埂蓬草挫断左手。当时只能留人守护我，待到第二天把我送往海南"一八七"医院住院，经治疗 21 天才出院。

（五）当好县农委主任，要克己奉公，清正廉洁，为临高农业尽职尽责。临高是海南农业大县之一。虽工作任务繁重，但也得到上级的大力支持。每年海南农办分给临高农委的农用物资中，仅化肥一项就达近千吨。当时县级机关里传说农委"油水"多。也有些人向我开玩笑说"有权不用过时作废"。这种流言蜚语动摇不了我对党忠诚的信念。在当时农用物资紧缺情况下，如何管理？一是及时按计划将农用物资分配给各乡镇与有关单位。二是正人先正己，领导带头执行规定，堵住走"后门"。三是内部管理要严。例如有一次农委某领导借口搞试验田，给文澜江公社科员邓某批一吨化肥。这事被及时发现制止了。总的来说，当好县农委主任不那么容易，但是我不以权谋私，尽力为"三农"服务，这就如意了。

三、期盼与祝福

临高是我的第二故乡。我的青春我的感情是从临高开始的，我最美好的人生都在临高度过。临高有我 34 年读书、立业和成长进步的平凡经历。临高人纯朴善良，重情重义，至今我已经离开临高 27 年，担仍有一些干部群众来看望我，与我叙旧聊天。此情此义使我终身难忘。

我期盼临高早日建成农渔业现代化大县。临高具有其独特优势。农业优势：一是水利资源丰富；二是土地平坦，土壤肥沃；三是有农民勤劳好传统。渔业优势：一是海岸线较长；二是有新盈、调楼等渔村相当规模的经营企业和捕渔牧渔技术。切实加强党的领导，依靠群众力量，注重改革创新、科学规划，创新技术。我深信经过不断努力，这个目标一定能够实现。

我期盼临高早日建成全省休闲旅游胜地。1. 以文澜江为主线展开。一是续建江边公园。二是经科学论证后，拟在江尾端筑坝栏水，将水位提高 2～3 米，可建游艇游玩。这样就把文澜江变成临城的第一道美丽风景线，让外客进入县城获得第一个好印象。2. 建设高山岭千亩热带水果基地。3. 创新临高传统文化。一是改善临高古"八景"（桐乡夏荫、盆岭晴霞、澹庵泉迹、东桥春涨、百仞滩声、龙潭神雨、毗耶灵石、南海秋涛）。二是改善临高人偶戏、渔歌哩哩妹、山歌咙么哩，将其融入旅游内涵。4. 科学规划，合理安排景点，搞临高两天游。

最后祝福我的第二故乡——临高明天更美好！临高人民幸福安康！

2017 年 6 月

编者附记： 林国英，男，汉族，1932 年 10 月出生，海南儋州人，中共党员、中师学历，1958 年 8 月参加工作，历任临高师范学校附属小学教师，临高师范学校人事秘书兼校团总支书记，临高县加来中学教师，临高县团委干事，临高县委组织部干事，临高县新安公社党委书记、革委会主任，临高县马袅公社党委书记、革委会主任，临高县博厚公社党委书记，临高县农委副主任、主任，临高县人大常委会党组副书记、人大常委会副主任（在临高读书、工作 34 年，担任县领导期间：1989 年 8 月—1990 年 7 月），海南省农业厅农业对外交流中心（省外援办）副主任、主任，兼省农综办副主任。1998 年 7 月退休。

不辞长作临高人

临高县人大常委会原副主任　王善富

我于 1968 年 3 月 8 日应征入伍，在海南军区某部 8 连当战士。1969 年 4 月加入了中国共产党，成为一名党员并担任班长。1970 年 4 月被提拔为该连一排之长，在宣布任职后第二天，团部命令我带领全排远赴文昌县昌洒地区，开展拥政爱民、军民共建活动。半年后，军民共建活动结束，队伍得到了全面锻炼、提高。本人也经受了历练，受益良多，这一年 10 月又被提升为连队政治副指导员。

1971 年 12 月，我被部队调到临高县人民武装部任干事。1979 年 10 月，我转业分配到临高县人民检察院工作。历任股长、党组成员、检察委员会委员、副检察长、代理检察长。1993 年 3 月在临高县第十届人民代表大会第一次会议上当选为临高县人民检察院检察长并兼任党组书记。2001 年 4 月，我当选临高县人大常委会副主任，分管法制与依法治县办公室工作。

（一）

我当检察长期间的一个闪光点是大胆培养提拔干部。1993 年上任后，针对当时县检察院不够大胆培养使用干部，致使人才得不到重用，干部队伍的工作积极性不高的实际，我将目光投向成长中的干部队伍，发现人才，培养人才，唯才是举，量才录用，有胆识地把优秀人才提拔到领导岗位，以充分发挥他们的聪明才智，将检察工作推上新的台阶。在我当检察长期间，有 16 名干部被提拔重用，其中 4 名被提拔为副检察长，4 名被提拔到县直机关担任领导职务，8 名被高配为副科级检察员。

1997 年 3 月，县委对检察院领导班子进行调整。通过考察，把两名优秀的中青年检察官提拔为副检察长。为院领导班子增添了新的活力，提振了检察队伍的自信心，牵动了政法机关干警的心。在临高政坛时下被传为一段佳话。这充分体现了县委对检察院工作高度重视，对检察队伍高度信任。

这其中，还有一段鲜为人知的故事！

原来，县委组织部对检察院班子调整方案，初步拟定"免一提一"：即将一名年龄到限的副检察长免职，从队伍中选拔一名优秀的检察官为副检察长。但是，从检察院领导班子的现状看，我认为，要在此基础上，把另一名不太适应检察工作的副检察长调离检察机关，再增选一名优秀检察官提升为副检察长，形成坚强的领导集体。唯有这样才能使检察工作适应新的情况、新的问题，开创检察工作新局面。县委常委组织部长庄光炎同志支持了我的意见。随后，我及时向时任县委书记许俊同志请示汇报，并建议，书记可亲自对两名检察官进行一次面对面的考核谈话。对检察队伍将是一次莫大的鼓舞和鞭策。让我始料不及的是，许书记竟欣然同意，明确安排了谈话时间。可是，被考核的符定杰同志还在云南省昆明市调查一家特大经济案件，时间紧迫，怎么办？经过紧张运作，定杰同志终于准时安全回到临高县城，接受县委书记的面试！这段真实的故事，已尘封廿十载，每次想起仍历历在目、记忆犹新，令人难以释怀。

我对部下，在生活上，如父如兄，情同骨肉；在工作上却十分的严格。我历来要求，在办案中不允许出分毫之差错；在自侦案件中，为了力求缩短时间，讲究质量，提高效率，减少办案成本，我亲自带队办案；有时接到一些个案时，为了不走漏风声，先由领导班子讨论部署后，才集中全院力量分组迅速行动，以保证办案的严密性和严防意料不到的事情发生。有不少案件就是这样在严密的部署下破案的。

临高县人民检察院有一支精明强干的队伍，他们的工作得到社会的赞誉。然而，谁也不曾想到，这支队伍却居住在简陋低暗的危房中，工作在长期被水淹的办公楼里。至于这些现状，我看在眼里，急在心上。要改变这些现状，需要足够的资金。眼下，检察院的经费紧缺，从哪里筹集资金呢？为此，我多次主持召开领导班子成员会议，深入干部职工座谈，了解情况，征求意见。最后统一了思想，统一了意见：即一方面发动干部职工集资，另一方面争取县委、县政府、县人大以及省检察院的支持。于是制定方案，公布实施。通过层层发动，县检察的干部职工纷纷到处向亲朋好友筹备资金进行集资，同时，在我及班子成员艰苦细致的努力下，很快得到上级有关部门的大力支持。于是，干部职工的住宅楼顺利动工了。几个月之后两栋12套崭新的住宅楼拔地而起，临高县检察院内一道亮丽的风景线展现在世人的面前。随后，改造装修检察院办公大楼的工程又启动了。三个月后，办公大楼以新的面貌屹立在临高县检察院大院里。这里又多了一道令人赞叹的风景线。

（二）

2001 年 4 月，我当选临高县人大常委会副主任，分管法制和依法治县办公室工作，开始了新征程。

在县人大工作期间，我紧紧围绕临高县改革发展的稳定大局着想，根据人民群众强烈反映的热点难点问题，组织法工委和依法治县办公室的同志深入机关、企业、教育以及乡镇和农村开展调查研究，开展执法监督，为群众排忧解难。

2001 年下半年，临高县青少年吸毒现象日趋严重，家长呼吁，群众呼吁，社会呼吁，声声呼吁，强烈震撼着每一颗关注青少年健康成长、关注祖国未来的善良的心。

我带着法工委深入到临高县公安局、边防局和临城镇、新盈镇及其重点村庄进行调查。我是带着一颗强烈的社会责任心而去的，对吸毒人员，我们在实地进行了认真的调查、核对，然后以充分、真实的数据责成县公安局、边防局写出专题材料，形成书面报告，转交县人大，为临高县人大常委会做出有关决议提供了依据。一份关于深入开展禁毒斗争的报告提出后，很快就引起了临高县各级党委政府以及社会各界的高度重视和关注。于是，一场深入开展禁毒斗争的人民战争在临高全县范围内垃开了序幕！

为了启动依法治县工作，从 2001 年始，我会同办公室同志展开专题调查研究，摸索针对性强切实可行的依法治县工作方案，提交到人大常委会，在时任县人大常委会主任林严波的支持下，于 2002 年形成了《临高县 2002 年依法治县工作意见》，该《意见》经县委办转发实施。这为临高县依法行政、公正司法、优化经济环境起到了积极的推动作用。

2004 年，为了加强临高县人民法院的执行工作和临高县人民检察院预防职务犯罪的工作，我根据县人大主任会议及县人大常委会主任符玉统的部署，带队深入县法院与检察院进行调研、调查，为县人大常委会作出《关于加强县人民法院执行工作的决定》和《关于加强预防职务犯罪工作的决定》提供了充分的依据。

教育乱收费，是社会最关注的敏感问题。2002 年，临高县教育乱收费现象引起了社会的关注。为了维护广大群众的利益，我又带着队伍启程了。我们走访了 10 个乡镇的教育办和部分中小学校，经过明查暗访，掌握材料，后经过征求物价、监察部门的意见以及听取县教科局领导的汇报核实，最终形成专题调查报告，经主任会议审批转发到各单位，促进了社会的监督。这使临高县教育乱收费现象得到有效的制止。

从 1994 年开始，临高县掀起了土地承包热潮，由此引发的土地权属等所造成的种种难题相继产生；城市建设、房屋拆迁，导致的矛盾迭起；国有企业改制所遇到的方方面面的麻烦事。这等等问题反映到临高县人大。所有的这些现象，都有可能引发群众群体上访，以致引起扰乱社会秩序的事情发生。于是，我们又展开了深刻、细致的调查，为稳定社会秩序，为群众排忧解难，做出了应有的努力。

在我们这个依法治国的国家里，我们还存在着执法不严的现象。2003 年以来，我根据海南省人大内务司法工委的要求，在符玉统主任的领导下，组织人马，在全县范围内展开执法检查。我们先后对《婚姻法》《老年人权益保障法》《妇女权益保障法》《海南省各级国家机关、事业单位机构设置和编制管理规定》《档案法》等法律法规的执行情况进行了调研和检查。每次大检查，内容广、任务重、难度大。但是，我们却如期完成了任务，有力地促进了法律法规在临高县的有效实施，得到了社会的好评。如 2006 年 7 月，我们经过对《档案法》执法检查，促使了一些多年来未建档的单位切实采取了措施，进行了整改，促进了临高县档案工作的顺利进行。档案部门称赞说，这是力度最大、效果最好的一次执法检查。

为了维护法律的尊严，促进司法公正，作为分管常委会法制工委工作的副主任，我不断创新司法监督方式方法，带领法工委全体同志不断地提高监督实效，成功地监督了一批批个案。

变卖"南园茶楼"案，事发临高县，是全省第一宗执行回转案件。案件涉及的时间久远，利害交错，案情复杂，且已被县法院判决。然而，为了弄清案情的真相，督促有关部门办案，我们深入调查、听证，认为县法院行为不正确。于是，我们为此而据理力争，最后在省人大和海南中院的认可和支持下，得到结案，维护了申诉人的合法权益。

2001 年 8 月，临高县博厚镇马袅卫生院，没有经过正当的程序，擅自将该院职工符某夫妇除名。符某夫妇不服，向法院起诉。2003 年 1 月，法院作出判决：撤销马袅卫生院的处理决定，恢复符某夫妇工作，并给予工资补偿。但马袅卫生院一直没有执行。2003 年 8 月，县人大接到申诉后，我牵头带领法工委同志深入监督。我们认为，马袅卫生院拒不履行法院生效的法律文书是错误的，侵犯了当事人的合法权益。于是，县人大常委会主任会议以正式文件向该卫生院的上级行政领导机关博厚镇人民政府提出建议，并进行监督，促使案件得到解决。此外，依法纠正县人民法院违法任命法官案也是一个较为典型的人大监督案件，在此，限于篇幅，不再详叙。

在处理信访案件中，我们又谱写了几个感人的故事。

2005 年 3 月，临高县人民法院执行庭在执行调楼镇政府欠 6 名申请执行人的债务近 100 万元的案件中，查封了调楼露天戏场的全部地产，准备拍卖偿还债务。这引起了调楼居委会广大群众的强烈不满。于是，调楼居委会近千人签名盖指模两次上书县人大常委会，强烈要求法院解封。对这样的群众集体信访案件，我认真思考分析。我认为，如果简单地将这案件转交法院处理，极有可能引发调楼村群众激愤而集体上访。因此，为了妥善处理该案件，我亲自带法工委深入调楼村调查。我们走门串户，不顾日晒雨打，访问了当地的老干部、老渔民，并通过召开座谈会等形式，了解到调楼露天戏场是 1974 年调楼群众自力更生兴建的公共娱乐场所，其权属未归调楼镇政府。于是，我们建议当地群众通过正当的法律途径来解决。因此，在县人大的监督与帮助下，2005 年 8 月 31 日，县法院解封了调楼露天戏场。当地群众一片欢腾！一桩即将爆发的群体上访事件就这样得到了圆满的解决。

几年来，我受理群众信访案件共 100 多件。在处理过程中，件件抓落实，事事有结果。这在很大程度上化解了社会矛盾，为临高的经济建设、政治建设、文化建设营造了良好的法治环境。

光阴似箭，日月如梭。2011 年我办理了退休手续。几十年来，虽然在各个工作岗位上做了一些工作，但我觉得做得很少很少，心里感到非常不安。临高干部群众对我的关心、厚爱和友谊，我铭记在心，感激永远。四十年临高路，一辈子临高情。退休后，我在临高县城定居了。我的子孙后代将在这片热土上，继续书写新的篇章。

2017 年 6 月

编者附记：王善富，男，汉族，海南澄迈人，1950年4月出生，中共党员，大专学历，1968年3月参加工作，历任解放军某部班长、排长、连副指导员，临高县人民武装部干事，临高县人民检察院股长、党组成员、检察委员会委员、副检察长、代理检察长、检察长、党组书记，临高县人大常委会副主任（在临高工作40年，担任县处级领导期间：1993年3月—2011年11月）等职。2011年11月退休。

不是故乡胜故乡

临高县人民政府原副县长、县人大常委会原副主任　王国建

一

离别临高常难寐,
数回梦见澜江城。
闻歌便想"哩哩美",
山歌必唱"咙么哩"。
临剧出蓝胜于蓝,
"人偶"剧种占鳌头。
地灵人杰因哪般?
史文厚积千九载。

二

工作结下兄弟情,
难忘夜战台风累。
共克艰难同手足,

何惧困难如天大。

干群团结人胜天,

临高情结难割舍。

山美水美人更美,

不是故乡胜故乡。

2017 年 6 月

编者附记: 王国建,男,汉族,海南琼海人,1955 年 9 月出生,毕业于华南师范大学中文系,大学文学学士,民革党员,1984 年 7 月参加工作,历任琼海师范学校教师,海南省政协文史资料委员会办公室主任科员、副主任,省政协研究室综合处处长,陵水县人民政府副县长(正处级)、临高县人民政府副县长、县人大常委会副主任(正处级)(在临高县担任县领导期间:2006 年 12 月—2015年 9 月)等职。2015 年 9 月退休。

美丽临高　我的故乡

临高县人民政府原副县长　曾令锦

　　我虽然已经离开了临高 20 年，但临高的山山水水仍历历在目，一草一木仍使我魂牵梦萦……我爱临高，我爱那里的高山岭，我爱那里的文澜江……

　　1990 年 3 月，我从澄迈县国营永灵糖厂调到临高县人民政府工作，任副县长。初到临高倍感亲切，就像回到阔别多年的故乡，如果不努力工作，造福百姓，怎对得起临高人民？在临高工作近 8 年时间里，我主要分管经委战线和计委战线下属的 14 个局的工作，并协助县长分管人事、社会保障和安全生产工作等。

　　1990 年，海南建省二年多，临高经济发展缓慢，财政困难，农民收入不高，当时县委县政府要求，要千方百计加快发展经济，增加财政收入，改善人民生活。我按县委县政府安排的分管工作，深入基层调查研究。我认为要解决财政、农民增收问题，就要重视工业，抓住制糖加工支柱产业。当时，临高县有工业企业 50 家（包括乡镇企业）。当时经委分管的工业企业 25 家。其中国有企业 13 家。这些企业大部分处在停产半停产状态（6 家停产，1 家转产，1 家租赁）。所有企业处在负债期，亏损面大。我和经委领导一起研究，想尽办法抓好临高工业，重点加强糖业生产管理。糖业生产是临高的支柱产业，是临高工业的大头。糖业的发展，能为农民增加收入，又为国家增创税源。当时，临高有 4 家糖厂（龙力、临城、龙波和红华糖厂）。经委管三家，红华糖厂归属农垦管理，临城糖厂已停产三年。1990 年 3 月到临高工作后，我深入糖厂和乡镇调查，经报县委县政府同意，决定恢复临城糖厂生产。1990 跨 1991 年榨季生产于 1990 年 12 月 4 日开始，1991 年 3 月 29 日结束，历时 115 天。共榨糖庶 207225 吨，产糖 22703.32 吨，酒精 970 吨。这个榨季，三家糖厂共实现综合利润 378 万元，税金

650万元，同时，农民甘蔗收入2797万元。停产三年的临城糖厂，恢复生产，困难重重，厂领导召开全厂职工大会，摆明企业的底子和当前的处境。讲清了厂的前途与职工前途的厉害关系，提出了"破釜沉舟，背水一战，艰苦奋斗，共渡难关"的口号，修机期间，发动共产党员，技术骨干，加班加点，不讲报酬。仅维修锅炉一项，就节约2万元开支。榨季生产，团结一致，共同奋战，榨蔗量达60507吨，实现工业总产值1793万元，利润111万元，税金200万元。临高的制糖工业当年跨入了海南省制糖业先进行列。1991年11月30日省政府在海口召开蔗糖生产工作会议，临高的糖业生产得到表扬，全省开榨的糖厂有34家，盈利的有30家，亏损的有4家。万吨蔗利润10万元以上的糖厂有15家，其中临高的龙力、临城、龙波、红华糖厂榜上有名。同时，6家糖厂在大会上介绍经验中，就有我县的龙力糖厂，并被评为先进单位，受到表彰。

当时，省委省政府颁发《关于深化国有工业企业改革的决定》。为认真贯彻执行，巩固发展制糖工业，根据临高的实际情况，将龙力糖厂委托给广东丰顺糖烟酒集团公司经营，将龙波糖厂由国有改为民营试点。由于改革，使糖业生产得到了长足的发展，既增加了农民和财政收入，又减缓了就业压力。

我在分管交通工作期间，重点抓好规划新建公路，特别是乡镇到村委会到乡村的公路。养护好现有国道、省道、县道公路。1995年省政府决定，原先由县交通局负责管养的地方道路，全部移交县公路分局管理，交通局地道站负责管理各乡村公路。我县地方道路总长84公里，需要移交人员105人。在人员移交过程，有60多名职工人事档案不齐全，省派的移交工作组不接收。为了搞好移交工作，我多次召集人事劳动、交通、公路、社保局等部门领导会议，向上级请示报告，做下级的思想工作。经过二个多月的努力，把60多名人事档案补全，使105名工人，12名退休工人顺利移交。受到省交通厅、省公路局的好评。县公路分局认真抓好公路养护工作和公路建设工作。充分调动养路工人的积极性，连续八年被评为全省公路养护第一名。1994年，省政府决定建设海口至洋浦高速公路是我省自筹资金建设的重大项目。高速公路经过临高路段32公里长，县政府黄良胜县长把临高路段建设协调领导工作交给我负责。我按县长要求，负起责任，做好工作。我会同县协调领导、指挥部成员以及沿线的红华农场、皇桐、博厚、美台、波莲等乡镇领导一起发动群众，支持公路建设。仅用15天时间，征好2400多亩公路建设用地，保证高速公路按时开工。1995年11月29日，省政府在博厚镇路段如期举行开工典礼。高速公路的建设，碰到不少问题和困难，我及时协调解决，促使高速公路临高路段建设工作按计划胜利竣工。临高的协调领导组织工作多次受到省政府、交通厅的好评和表扬。近 8 年时间，不少泥土路铺上沥青路。同时也新建了不少乡村公路。1994 年南宝至加来公路 11.7 公里长，波莲至和舍公路 9 公里长，当年开工当年建成通车。

计划工作是政府工作的重要组成部分，我在分管期间，顺利完成《临高县"八五"计划和十年规划设想》与《临高县"九五"计划和 2010 年发展规划》编制工作。同时，抓好外引内联工作，做好开发项目的审批立项工作。我和县计委的领导积极和省计划厅联系汇报工作，积极争取扶贫开发建设资金，抓好以工代赈项目编制汇报和组织实施工作，每年都得到省计划厅的资金支持，改善农业生产条件，促进农村的经济发展。同时，1990 年我认真做好全国人口普查工作，临高县受到国家、省政府的表彰。

上世纪 90 年代，劳动、社会保障工作和现在有所不同。当时，我结合临高实际，抓好安置就业、技校招生、职业培训、固定工转制、安全生产、职称改革、社会保险等工作。

安置就业工作每年都超额完成省政府下达指标，1995 年省政府下达安置就业指标 800 人，实际安置就业 1684 人，以优异的成绩完成任务。特别是输出劳动力 659 人，大大地解决了就业难问题，受到省计委、省人劳厅的好评。

技校招生工作是解决临高就业难的一条出路，每年毕业的学生，基本都不回临高分配工作。我和劳动部门每年都提前三个月发动具有初中文化以上的社会青年和应届毕业生，报考技校。并按技校招生提纲，做好考前文化知识培训工作，促使临高技校招生工作取得了全省"三个第一"，报考人数第一，升学人数第一，升学率第一。1995 年全县报考人数 938 人，升学人数 535 人。8 年间，通过技校招生，解决了临高 4000 多人就业，为临高的经济发展社会进步做出了贡献。

1995 年，根据省政府和省人事劳动厅的要求，把固定工转制工作作为 1995 年人事劳动工作中心任务，所有企业把所有的干部职工，全部改为合同制，所有的干部职工都要和企业法人代表签订劳动合同，这是企业人事制度改革的进一步深化。此项转制工作，阻力大，由于是新生事物，企业干部职工想不通，意见大。当时，我和县人劳局领导讨论研究，成立 5 个小组，由局领导带队分片包干，任务落实到组。经过三个多月努力，全县共有 102 个单位 3446 人，由原来的国家固定工转为企业合同制工人，完成率 96% 转制工作走在全省前列，受到省政府和省人事劳动厅的通报表扬。培训工作、职改工作、社会保障工作都按计划完成。安全生产工作，连续 8 年达三无：无重大安全事故发生，无重大伤亡事故发生，无重大职业病发生。

我在临高工作期间。临高人民对我的关心、爱护、帮助和支持，我是难以忘怀的。但总觉得，为临高人民贡献太少，心里感到不安。临高是美丽的地方，也是宜居的风水宝地。临高人好，自然条件好，地理位置优势，海洋资源丰富，水利灌溉条件好，土地肥沃，无论是发展农业、工业、海洋捕捞养殖业、旅游业，都是得天独厚的好地方。我相信，在临高县委、县政府的坚强领导下，只要临高人民团结一致，同心协力，就能加快经济发展的步伐，打好扶贫攻坚战，发家致富奔小康，建设更加美好的新临高。

八年临高岁月，使我终生难忘，难忘那块热土，难忘那片大海，难忘纯朴的人们！如果上天还给我机会，我会毫不犹豫地再次选择临高！

我爱你，临高，我的故乡！

2017 年 3 月

编者附记：曾令锦，男，汉族，海南澄迈人，1954 年 10 月出生，在职研究生学历，工程师职称，中共党员，1972 年 9 月参加工作，历任澄迈县永灵糖厂厂长，临高县人民政府副县长（在临高县担任县领导期间：1990 年 3 月—1997 年 8 月），儋州市人民政府副市长，儋州市委常委兼市委秘书长、市直工委书记，琼中县政协主席、党组书记。海南省第一次党代会代表。

临高两三事

临高县人民政府原副县长　黄守宏

前不久，临高县委统战部王贵章同志给我打了几次电话，希望我能把在临高工作的亲历亲闻亲见和感悟写下来与临高父老乡亲共同分享。前几天他又到海口市找到我，又讲到此事。他十分热情的态度，我还有什么理由拒绝他呢。离开临高20年了，好多事情都忘记了，写什么呢？前日翻看了在临高县工作的工作日记，20多年前的许多事情又重现在眼前，就写在临高县工作的两三件小事吧，并讲一点离开后的感想。

1990年，我被组织选派到临高县挂职任科技副县长，同年11月14日，我到省委组织部报到，当天临高县委派县委常委、组织部长文积超同志到省委组织部接我到临高县。县委符孟彪书记和朱堂生县长在县委招待所接见了我，并设宴招待晚餐。我真想不到县委有这么隆重的接待，非常的感动，还有点不好意思，因为刚踏进临高县，还没有工作呢？但也说明，县委县政府对省委选派科技副县长到欠发达市县工作的决定是非常重视的。

我大学毕业后，一直留校搞科研工作，到临高县工作是走出校门踏进社会大门的第一站，而且一下子就在县领导岗位上，一点工作经验都没有。县委符书记和朱县长给我很大的支持和鼓励。到地方工作，要深入基层，要大胆工作，要与广大干部群众打成一片，并要根据自己的优势打开工作局面。

我在大学学的是热带农业专业，毕业后一直研究这方面，且我母校在背后支持着我，这就是我的优势。根据县委的指示，我把提高地方橡胶生产产量作为打开工作局面的"首盘菜"。当时临高县橡胶面积8万多亩，是农村的主要经济作物，也是农民经济收入主要来源之一，但全县技术落后，产量低，亩产平均不到50公斤。第一年我在县热作农场抓高产示范100亩，在母校专家的指导下，采用新割制和科学施肥的新技术，当年亩产提高到 75 公斤，第二年又扩大到 500 亩，亩产也达到 70 公斤，比普通的增产 20%。示范成功了，关键是抓推广工作了，在专家的帮助下，连办了 5 期培训班，参加人数达到 3000 人次，全县推广面积达近两万亩。初步统计，亩增产 15% 左右，这项工作大大受到农民的欢迎，也为我后来的工作打下良好基础，也使我认识到在落后农村，大力抓科技示范和培训推广工作，对尽快提高农民收入，能起到事半功倍的效果。

1993 年 10 月，我挂职三年任期已满，经过省委组织部考察，县委同意，我再留在临高工作。我非常感谢县委县政府对我工作的支持和肯定，感谢全县人民对我工作的支持。留下来后，我调离了原来工作的单位（热作两院），正式到地方参加选举，任临高县人民政府副县长。县委又给我加重了担子，增派我分管教育等工作。

上世纪 90 年代，教育工作主要任务是抓"两基"（基本实现九年义务教育和基本扫除青壮年文盲）。当时全县经济落后，教育环境也较差，全县六万多中小学生，不少学生还在危房里上课，一些学生由于没有教室，不得不借用村里的公庙、祠堂上课。如博厚镇一个村小学 100 多学生，由于大部分是危房，不得不借用民房上课。危房改造和扩建校舍成为"两基"工作的重点。由于政府财政困难，投入不足，不得不采取多方集资的办法，即政府出一点，集体赞助一点，群众捐一点等多方集资。临高县经济不发达，农民也不富裕，有些群众还未脱贫，但捐款办学校的热情不减。我下乡时常听到一句话，再穷也要支持办学校，再苦也要让小孩入学读书有文化，不能让下一代再穷困。临高经济落后，但老百姓支持办教育的精神不落后，最高潮时，每年学校危房改造和扩建校舍投入 1000 多万元，群众捐助占 30% 以上，学校最多时达 180 多所（含教学点）。由于有群众的大力支持，小学入学率达 99.7%，巩固率达 98.5%，初中生在校人数也大大提高，"两基"工作有很大的进步。

1997 年下半年，我调离临高县到通什市（现五指山市）工作。社会上流传"人走茶凉"这句话，对我来说不尽然。

我到通什市工作的第二年，陈苏厚（临高人）副省长到通什市检查工作，我陪老领导到最边远的毛道乡检查工作，老领导对我说，守宏啊，你在临高工作了七年，临高人民想念你啊，都希望你再留下，转当县委常委，再干一届。虽然当时是不可能的，但听了老领导的话，心里热乎乎的，很是感动。1999 年 12 月我母亲病重逝世了，送葬那天，突然来了临高县 20 多个干部群众，到我文昌农村老家给我母亲送葬（我事先并没有告知他们，也不知他们从何处得知这消息），我意想不到，非常感动。因为我离开临高已经两年多了，人走情还在。后来我又调到陵水黎族自治县和定安县工作，每年都有不少临高的朋友（有退休的老干部和教师）来到我工作的地方看看我，和我叙叙旧。至今我退休三年多了，常住在海口，经常碰见不少临高老朋友，他们都非常热情请我一起喝茶。前年在南国酒店喝早茶时，碰见临高县原教育局长黄文平，我们坐在一起聊了一个上午，回忆在临高工作的情景。今年4月我与朋友在假日一品酒店吃晚餐，旁边有两个人主动走到我面前，用临高话喊我黄县长，还叫出我的名字，但我记不住他们了，也不知他们叫什么名字。听他们说，上世纪90年代，他们都在县委机关工作，他们都忘不了当时的县领导。退休了，在海口有时碰见临高的老朋友，如刘春花、符永范、王有坚、郑才禄、林正刚等，就有讲不完的话，叙不完的情。现在还与当时的县政府司机，如许宾、王鹏、黄贵山、陈文慧等时有联系，有时碰见他们，他们都会拉我一起喝茶，甚至请我一家人一起吃海鲜，藕断丝连，20年的情一直不断。

在工作过的地方，只要不忘记它，并且对这个地方群众有感情，人不管走多远、多久，茶总是不会凉的。

祝临高县经济社会早日腾飞发展，祝愿临高县人民心想事成，万事如意。

2017年7月

编者附记： 黄守宏，男，汉族，海南文昌人，1953年12月出生，中共党员，大学学历，副研究员职称，1978年8月参加工作，历任中国热带农业研究院研究室党支部书记，临高县人民政府副县长（在临高县担任县领导期间：1990年11月—1997年11月），通什市（五指山市）人民政府副市长，陵水黎族自治县委常委、县人民政府常务副县长，定委县人大常委会主任等职。2013年12月退休。

临高古今精英

《临高古今精英》编纂机构及人员

总 顾 问：符秀选

顾　　问：王冠英　袁运奇

主　　编：王贵章

副 主 编：王红灵　王杰圣　王明晋　王振声　孙　雄

　　　　　许　宇　许　越　许　斌　吴孝俊　邱王坚

　　　　　张吉亮　陈干劲　陈聪晓　林继怀　欧丽妹

　　　　　唐　凯　黄　颖　符林海

编　　委：（以姓氏笔画为序）

　　　　　王小芳　王小亮　王小敏　王少海　王月江

　　　　　王宝中　王信隆　王莹莹　王婉佳　王禄辉

　　　　　方小统　邓小靓　刘彬宇　许　辉　许克知

　　　　　许国慧　许送转　许晶亮　孙　莹　吴梦姣

　　　　　张永花　陈　俊　陈忠圣　陈建林　林　强

　　　　　袁志城　袁志衡　桂伍芳　翁　滔　唐　俊

　　　　　符开炳　符志成　曾祥河

编写人员：（以姓氏笔画为序）

　　　　　王明晋　王贵章　袁运奇

编辑说明

　　本书收录了临高古今精英 60 名，为便于查阅，分为古代精英（清代及其以前的精英），近代精英（中华民国时期的精英）和现代精英（中华人民共和国成立以后逝世的精英）三大部分。依据史家通例，古代精英和近代精英两大部分均按姓氏笔画排列。现代精英，省、军级以上者，列于现代精英部分之首，其他精英均按姓氏笔画排列。

编者

2020 年 3 月

古代精英

王佐传略

王佐（1428—1512年），字汝学，男，汉族，临高县新化乡蚕村都透滩村（今皇桐镇红专居委会透滩村）人。因其家乡多刺桐，又被称为王桐乡。明代海南著名诗人。明宣德三年（1428年）生，父亲王原恺为世袭抚黎土舍官。母亲唐朝选，是琼山唐舟（监察御史）的侄女，生二女一男。王佐的大姐叫王春，二姐叫王兰。王佐7岁时，父亲去世，教养子女的重任由母亲承担。其母亲知书识字，命王佐追随名师，虽远在千里之外，也遣王佐前往就读。王佐学问日进。稍长，母亲索性带他回娘家，拜叔父唐舟及丘濬为师，经过两位名师的指点，王佐获得了很大的教益，为他今后的文学成就打下了基础。

明正统十二年（1447年），王佐刚好20岁，参加乡试中了举人。次年春试，不幸落第。王佐后来进京师太学（国子监）读书，每次考试都名列前茅。祭酒吴节、司业阎禹锡都称赞他，并向宰相李贤推荐，李贤也深信他将来必成大器。可是，由于某些权势者的妒忌，多方压制，王佐在太学待了19年，始终没有考取进士。眼看年近四十，他只好向吏部报到，要求铨补。

明成化二年（1466年），王佐出任高州府同知。那时候，高州府内流寇扰乱。王佐到任后与太守孔镛协力筹谋，领兵守御，贼不敢犯。都御史韩雍采纳了王佐的治乱方案，施行后，地方遂告平靖。

明成化五年（1469年），王佐母亲病故，王佐奔丧回家。成化十年（1474年），王佐任福建邵武府同知。在任期间，府属泰宁县发生盗乱，佥事张懋巡行至郡，饬令王佐查察盗情。王佐说："现在盗势猖狂，如果急攻，必定誓死抗拒，不如采取安抚之策，诱劝投降，以分化贼势。"结果，王佐招降盗贼党羽数十人，余众溃散，境内得以安定。

成化十六年（1480年）王佐调充福建乡试考官，一直到弘治二年（1489年），后改任江西临江府同知。王佐从政20余年，辗转于三府之间，没有升迁，但是他勤勤恳恳，为老百姓办事，既不趋炎附势，又不阿谀求荣，政绩廉明，士民爱戴，有"仁明司马"之称，故"所居民爱，所去民思"。他每离任，当地人民就修建生祠来纪念。

王佐晚年回家后，与同县致仕训导谢宁、国子监学生王锡、隐士王政等人为密友，经常互相往访，或谈论诗书，或优游山林，怡然自得。为了修身养性、陶冶情操，他从外地买回400多种花卉，种植在桐乡书院左边，称为聚景园，并为此写下了优雅有趣的回文诗4首。

王佐一生爱读诗书，晚年眼睛昏花后，还经常叫家人念给他听。明正德四年（1509年），王佐自知将不久于人世，仍然胸怀旷达，写下了自己的生圹诗。

明正德六年（1511年），王佐奉郡守王子成之命，与唐胄等聚集东岳祠（府城东北0.5公里）编修《府志》。因对一些历史问题看法不一致，王佐仅仅写了一篇《东岳行祠会修志序》便告归。这次修志拖延了10年，正德十六年（1521年），唐胄（海南琼山人）才修成《琼台志》44卷。王佐先前写的《琼台外纪》一书，几乎全被唐胄录入《琼台志》。

明正德七年（1512年），王佐在家逝世，享年84岁。王佐的主要著作有《鸡肋集》《经籍目略》《琼台外纪》《庚申录》《原教篇》《金川玉屑集》《珠崖表录》等。

《鸡肋集》和《琼台外纪》是王佐的代表作。《鸡肋集》有诗302首，杂文82篇，是他著作中的精华。《琼台外纪》是一部地方志书，记录了海南的风土人情、地理山川等掌故。《琼崖表录》是王佐写给皇帝的奏章，陈述珠崖的重要，指出汉弃珠崖、元设土舍的错误，语多恳切。他的诗，状物、写景，刻画入微，怀古抒情，清新隽永，多为爱国忧民之作。他的《天南星》中的"夫何生海南，而能济饥饱。八月风飕飕，闾阎菜色忧"和《鸭脚粟》中的"三月方告饥，催租如雷动。""琼民百万家，菜色半分病，每到饥月来，此草司其命。"都是王佐关心人民疾苦的表现。《哀使君》《哀四义士》和《海外四逐客》等诗篇，则通过悼念宋末琼州安抚使赵与珞及四义士（谢明、谢富、冉安国、黄之杰）的抗元殉节和怀念抗金名臣李纲、赵鼎等人，以表达他的爱国思想。王佐特别推崇胡铨，一连写了《澹庵井》《茉莉轩》《夜宿胡澹庵祠》等诗。其中以《茉莉轩》2首词多激愤，在读书人中广为传诵。至于他的《菠萝蜜》《食槟榔白》《禽言九首》《鹧鸪媒》《桐乡夏景》《金鸡岭》《益智子》等诗篇，识者推为上品。

王佐被誉为明清海南四大才子（丘濬、海瑞、王佐、张岳崧）之一，尤以诗文见长，世称"吟绝"。明代琼州府提督副使胡荣称赞王佐"博学多识，见道精审，故诗词温厚和平，文气光明正大，当比拟唐宋诸大家"。明进士户部侍郎唐胄说："《琼台外纪》一书，乃王桐乡先生精力所在"，又云："其词之中易温雅，气之光明隽伟，当比拟于古诸大家"。现代大文豪郭沫若（四川乐山人）称赞他为爱国诗人。中共海南省委原书记许士杰题赞诗："不趋权势未矜骄，嗜读诗书志贯霄。鸡肋自谦多意味，关怀民谟永心焦"。明隆庆年间（1567–1572年），琼州府海一带商民于海口市关厂坊（今义兴街）立西天庙，奉祀王佐。西天庙现为海口市重点文物保护单位。

王元庆传略

王元庆（1815—1903年），男，监生，楷模南村立村始祖王诒谷第十三世孙，王世卿的儿子，汉族，广东省琼州府临高县新化乡探力都楷模南村（今海南省临高县皇桐镇楷模南村）人，生于清嘉庆二十年岁次乙亥年（1815年），卒于清光绪二十九年岁次癸卯年（1903年），享年89岁。王元庆夫妇育有四男二女，第一胎为女儿；第二胎为儿子，起名天资；第三胎为女儿；第四胎为儿子，起名天申；第五胎为儿子，起名天范；第六胎为儿子，起名天畴。

王元庆出身于普通农家，诚实劳动，纯朴善良，孝老爱亲，重情重义，乐施好善，廉洁奉公，自强不息，深孚众望，有口皆碑。至今，皇桐地区还广泛流传着王元庆首议并带头捐资兴建皇桐地区第一所义学的故事。王元庆所处的那个时代，皇桐地区没有学校，但他深知读书的重要性。他经常对村里的人说，咱们世代没有文化，苦够了，不能让孩子们再受这样的苦。于是他主动和本村的有识之士商量，首议并带头捐资于清道光十五年（1835年）在村前大木棉树下兴建了皇桐地区第一所义学——楷模义学（1906年更名为楷模学堂），并聘请先生躬耕圣园，为本村及周边乡邻培养人才。当时的楷模义学，声名远扬，四乡八里莘莘学子慕名求学，勤读诗书，欲报效祖国，报效家乡。楷模义学为发展当地的教育事业，作出了历史性的贡献。王元庆在皇桐地区教育史上留下了光辉的一页。

积善之家，必有余庆。王元庆发扬光大其父辈"忠孝传家，崇德向善"的优良家训家风，积德积善，福及子孙，其后辈代有人才，子孙兴旺，学有所成，业有所就，注重发扬光大其优良家训家风，忠孝传家，崇德向善，重情重义，诚信友善，以和为贵，与人为善，廉洁奉公，尊师重教，自强不息，为家庭、为家乡、为社会、为国家做好事、实事，受到父老乡亲和社会的高度赞扬。

　　图为王元庆于清道光十五年（1835年）首议并带头捐资兴建的皇桐地区第一所义学——楷模义学（1906年更名为楷模学堂）。王元庆的儿子、孙子、曾孙子先后于清光绪二十四年（1898年）、民国二十二年（1933年）、2015年发起并带头捐资重新修建。

王天福传略

临高县波莲镇冰廉村是个文明生态村，坐落于西线高速公路跨文澜江段附近，与临城镇美榔村隔江相望。冰廉村地灵人杰，历史悠久。开基祖王天福，根据族谱记载可推断是 15 世纪的人。

王天福与王天喜、王天盛是三兄弟，世居儋州顿绩村。后来，王天福（特授直隶州通判）寻求到临高发展，所以才有现在的村落。

相传，王天福来考察时，有个人告诉他这个地方好，常听到"金鸡报晓"。王大福就以此地立村，并用此人为管家。现在村人供奉的"祖兵"就是该管家。

王天福几代单传。到了第四代有三兄弟：公栽、公宇、佛宇。公栽继续在冰廉村创业，其后裔又新建立了古榔上、下村，也有移居屯昌县的；公宇返回儋州；佛宇在冰廉村附近建立了和盛村。

公栽的后代除了经营好本村外，还溯江而上，披荆斩棘，开拓了六七千亩的土地。

冰廉村真是块宝地。鸟瞰冰廉村，呈"凤凰展翅"状，地灵人杰。王天福的后人有两个教谕。近现代更繁衍昌盛，人才辈出。王应斗（国民党临高县党部常委）、王照光（19 岁当白沙县长，后移居台湾，后代移居美国）、王应际（海南省政协副主席）等，众人皆知。曾有人从村里的小学考上海南中学；有一年，竟有 8 个考上临高中学。冰廉村人在北京上大学的也不少。

冰廉村名之意：冰清玉壶，廉洁友善。村人以为自勉。

王天福后人，据不完全统计，共有 5000 多人。在海口市，现有 40 多户。

王四良传略

王四良（1810—1876 年），男，汉族，广东省琼州府临高县永宁乡马袅都兰田村（今海南省临高县调楼镇兰田村）人。王四良出身于一个普通的家庭，为人忠厚老实，性格豁达，少时已是力大过人，青壮年时期当地每次比武赛都夺冠。他的力量与为人受到当地百姓的佩服与敬仰。

四良 35 岁时，由于他名扬四方，一日，某地两个武客准备找他比试，正好碰上在潭钱（地名）耙田的四良，武客向他打听："这村是兰田吗？"他答："正是，有什么事？"武客问："听说该村的四良武功高强，想跟他比武。"他说："我是这村里人，等我洗好了牛可以带路。"水牛洗好后，四良用双手托起了水牛，说："我是他徒弟，你俩帮我把水牛接上埂边，好让我快些带路。"俩武客看这情景惊讶了，嘀咕："徒弟都这么厉害，师傅还了得！"于是，二话不说就溜走了。

相传四良 30 多岁时，村民逗他说："四良，你能用手指夹这个石头到树上吗？"他笑着说："试试看。"他不慌不忙地用食指和中指夹起一块 60 多斤的石头放在村前的一棵鹊肾树杈上，在场的村民赞叹不已。

王四良 38 岁那年，朝廷招选将才，因身高不够，未能被录用。他不服，为了显示他的实力，当着招选人的面到村外一里路的四浪坡，以双臂双胯合力勒夹两巨石健步回到村前，众人诧然沸腾起来，传为奇谈。从此，人们称之为"四良石"。

王四良不但是位大力士，还是村里的保护神，他的力量与为人流传至今。

"四良石"和纪念亭

王弘诲传略

　　王弘诲（1541—1617年），男，汉族，字绍传，号忠铭，明嘉靖二十年（1541年）出生于广东省琼州府临高县富罗乡英丘都凤潭村（今海南省临高县东英镇美鳌村委会凤潭村）。王弘诲的祖父禧公，字天锡，亦称文英，仙逝于凤潭村，安葬在凤潭村东边坡地，其墓至今完好无损，有墓塔、墓石，墓塔顶阴刻楷体，直书"玉皇敕命坦赫真人"。王弘诲的父亲王元升（字异甫，号龙泉）为了适应事业发展的需要，从凤潭村迁居广东省琼州府定安县雷鸣地区龙桥村（今海南省定安县雷鸣镇龙桥村）。王弘诲随父母至龙桥村立籍。现今每年清明节期间，定安县雷鸣镇龙桥村王元升公的谪系子孙均有人前来临高县东英镇凤潭村禧公墓拜祭，寻根问祖。

　　王弘诲赋性颖悟，四岁时，其父授以《四书》，他能通读成诵，过目不忘。20岁时，明嘉靖四十年（1561年）辛酉科广东乡试考中解元（举人第一名），24岁时，嘉靖四十四年（1565年）乙丑科考中进士（第20名）。

　　王弘诲是明代名臣、教育家。历任翰林院蔗吉士、检讨、编修，会试同考官，国子监司业、祭酒，南京吏部右侍郎，南京礼部尚书等职。卒后被朝廷赠太子少保，赐祭葬。王弘诲一生为官贤能清正、同情民众、关心教育事业，流芳千古。他任翰林院编修其间，与明代海南人丘浚、钟芳、海瑞、汪浩然参与编修《四库全书》，其中王弘诲编纂《天池草》26集。在王弘诲诸多政绩中，备受海南官民称道的则是"奏考回琼"这一事件。

　　按照明朝科举制度，读书人在考中秀才之前，还需要参加州府组织的岁试和科试。海南读书人应当在琼州府参加考试，由省城派出提学道巡回主考。但是，由于海南岛孤悬海外，不少主考官惧怕海上风浪之险，极少渡海到琼州府主考，常常在雷州行文调考，也就是让考生渡海到雷州参加考试。

王弘诲在查阅卷宗时，发现海南各州县儒生因为路途遥远以及海上风险，不得不放弃考试，因此写成《请改海南兵备道兼提学疏》上报朝廷。王弘诲希望朝廷能够批准海南兵备道兼任海南提学道，这样就可以在海南设立考场，考生不需要远涉鲸波到雷州考试。这一奏章要求改变祖制，朝廷上下一片哗然，所幸的是万历皇帝被王弘的拳拳赤子心打动，于明万历七年（1579年）批准了他的请求。这样，海南学子可以在岛内参加考试，从而获得监生或者贡生的功名。王弘诲的提议使得很多琼州子弟受惠，对海南教育产生了深远影响。王弘诲的这一举动被人们称为"奏考回琼"。王弘诲为海南人民做了一大善事，实为功德无量之举，为世人所颂仰，故时人建有生祠纪念他，后人有《青青子衿，悠悠我心》一文以悼念他。王弘诲在文学上卓成一家，著有《尚友堂稿》、《吴越游记》、《天池草》、《来鹤轩集》、《南溟奇甸录》、《南礼奏牍》、《文字谈苑》等名篇。

如今，王弘诲帮助意大利传教士利玛窦进京，推动中西文化交流的故事在国内外广泛流传。

利玛窦于明万历十年（1582）来到中国进行传教活动，但是10多年来一直不是很顺利。他先是在澳门熟悉汉语，然后来到广东肇庆传教，几年之后却被驱逐出肇庆，然后来到韶州（今广东韶关）。王弘诲早就听说利玛窦。利玛窦渊博的学识引起了王弘诲极大的兴趣，而王弘诲高雅的缙绅风度也给利玛窦留下了深刻的印象，王弘诲在了解利玛窦想进京面圣的想法后，答应在适当的时候给予帮忙。万历二十六年（1598），王弘诲复出。在北上经过韶州时，王弘诲只见到了利玛窦的助手郭居静。知道利玛窦已经移民南昌。王弘诲赴南昌同利玛窦见面之后，在得知利玛窦在南京立根未稳无功而返的情况后，王弘诲答应帮忙。王弘诲和利玛窦一行到达南京后，经过周密策划，他们打算在王弘诲代表南京六部官员到北京向皇帝祝贺生日时，兵分两路入京。王弘诲先独自从陆路赴北京，利玛窦和王家家人、差役等则在十天以后乘坐快船沿运河北上。万历二十六年八月七日（1598年9月7日），利玛窦终于抵达他梦寐以求的北京城，这距离他1582年抵达澳门已经过去了整整16年！利玛窦在中国居留了这么久，才在王弘诲的帮助下，如愿进入明朝首都，心情激动万分，他后来在《利玛窦中国扎记》中用大量笔墨来描写自己初次入京的感受。进入北京的利玛窦很希望见到神宗皇帝，王弘诲想方设法利用自己的关系帮助利玛窦实现这一愿望。但是由于当时的情况非常复杂，他们在北京待了两个多月并没有达到目的，只能黯然离开。首次进京的利玛窦虽然没有实现觐见皇帝的愿望，但是为下次进京积累了经验。离开北京后，利玛窦在王弘诲的帮助下定居南京。万历二十七年（1599），王弘诲致仕并南返家乡。在离京之前，王弘诲依然没有忘记利玛窦，他给在北京的朋友们留下书信，希望能够"推荐神父们到首都去工作"，为利玛窦等人最终留在北京又尽了一份力。经过精心准备，利玛窦一行于万历二十八年（1600）再次启程进京，于万历二十九年（1601）年初再次抵达北京城。在王弘诲朋友的大力帮助下，利玛窦很快见到了神宗皇帝并敬献了不少西洋礼物。神宗皇帝特别喜欢利玛窦送上的自鸣钟，利玛窦被特许定期进入皇宫对自鸣钟进行检修，从而成功留在北京。从此以后，利玛窦再也没有离开过北京，一直到万历三十八年（1610）五月在北京逝世，并被安葬在北京平则门外二里沟的滕公栅栏。

利玛窦是历史上第一位成功进入北京的西方传教士，可谓是"沟通中西文化的第一人"。而王弘诲在利玛窦进京这一历史事件中，充当了策划者和引路人的角色。如果没有王弘诲，利玛窦的进京可能要推迟很多年，甚至有可能不能实现。斗转星移，当前国际之间的交流与合作已经成为不可逆转的常态。400多年前，王弘诲能够慧眼独具地帮助利玛窦进京，推动中西交流，应当是中西交流史上的一段佳话。

王世卿传略

王世卿（1779—1869年），男，汉族，庠生，楷模南村立村始祖王治谷的第十二世孙，王宗选的儿子，广东省琼州府临高县新化乡探力都楷模南村（今海南省临高县皇桐镇楷模南村）人，生于清乾隆四十四年岁次己亥年（1779年），卒于清同治八年岁次己巳年（1869年），享年91岁。王世卿夫妇育有一男二女，第一、第二胎为女儿；第三胎为儿子，起名元庆。

王世卿出身贫苦家庭，自幼勤劳朴素，诚实劳动，心直品端，睦亲笃友，诚信勤勉，与人为善，重情重义，乐于助人，廉洁奉公，自强不息。至今，楷模南村及周边一带村庄，还广泛流传着王世卿带头捐资兴建鹅潭石桥（楷模南石桥）的故事。那时，楷模南村及周边一带村庄的村民要跟楷模洋田北边村庄交往，要经过一片南北宽100多米的水田。为了进行交往，楷模南村村民于明景泰年间因陋就简，每隔一米置放一块褐铁石（临高人俗称"蜂窝石"），过往的行人要从一块石头跳过另一块石头，共跳100多次才能从南边到达北边或从北边到达南边，非常不方便。夏秋多雨季节，水往往漫过石头，人们过往更加不方便。至清代，临高东江地区美山村人王四公迁居今天的皇桐墟开店铺，后来逐步发展为一个集市，称"皇桐市"。楷模南村及周边村庄的村民到"皇桐市"赶集更加频繁，但要经过那条简陋的"石桥"非常不方便。王世卿看在眼里，急在心上，决心改变这种状况。于是，他主动和本村的有识之士商量，在那条简陋"石桥"的原址兴建一座坚固的石桥，方便人们过往。王世卿带头捐资，于清嘉庆二年（1797年）兴建了一座高2米、宽3米、长100多米的永久性坚固石桥——鹅潭石桥。从此，一桥飞架南北，天堑变通途。鹅潭石桥全用方形大石块建成，非常坚固。从1797年直到1980年，鹅潭石桥一直是楷模南村及周边村庄村民到皇桐墟赶集的主要通道。

种德收福。王世卿坚持一辈子做好事善事，得到了世人的尊重与爱戴。王世卿弘扬其先祖王诒谷爱国爱乡、乐于做好事善事的优良品德，升华形成了"忠孝传家，崇德向善"的优良家训家风。王世卿的高风亮节一直是其后人的精神财富。他的后裔代代传扬其"忠孝传家，崇德向善"的优良家训家风，精忠报国，诚信友善，重情重义，以和为贵，与人为善，孝老爱亲，廉洁奉公，自强不息，努力为国家、为社会、为家乡奉献智慧和汗水，受到人们的普遍赞扬。

此图为王世卿于清嘉庆二年（1797 年）首议并带头捐资兴建的楷模南石桥（鹅潭石桥）

（罗业兴摄）

王老诠传略

王老诠，男，汉族，福建省福州府莆田县甘蔗村人，是七州盐官，经常往来于福州、雷州、琼州，对海南的情况比较了解。1271年，蒙古兵大举入侵南宋，1273年下襄阳，1274年入鄂州，1275年陷金陵，1276破临安。元兵继续南下，福州一日数惊，王老诠因而携妻子与二弟王老谟、三弟王老堂及同乡的王浩于1276年同渡琼州，初住马袅，后迁美良地区建立抱补寮村（后改名为罗堂村），后继迁北田村。其同乡的王浩到多文镇的风雅开基立籍。当时临高的西北地区人烟稀少，野草遍地。王老诠察看此地肥美，纵横数十里，地势平坦，东枕高山，西北控海，南为平陆，饶有田园鱼盐之利，可以千秋万世食子孙而有余，遂拓土开疆，报户立籍，创业垂统，以启发传芳。王老诠的子孙世代蕃昌，现分居临高、儋州、屯昌、琼中等市县共92个村庄，临高县城、儋州那大，沿海各港口村庄和墟镇均有其后裔分居。目前，王老诠的后裔已发展到4万多人。

王老诠为人居心忠厚，处世平和，识见高超，度量宽广，勤俭治家，礼让化乡，纵极垦山煮海，仍然诵诗读书，本自躬修蔚为家法，为世传颂竟成口碑，易日积善余庆。由于王老诠家风、家法的世代传扬，子孙繁衍昌盛，英才迭出，代显科名。王老诠的后裔有不少人考入国内外名校学习深造，获得硕士、博士学位；担任民国的三县巡察员、县参议长，共和国的副厅、师长、团长等；还出了不少高级工程师，可谓衣冠之盛，冠于琼西，足以见王老诠之燕翼规模宏远超越寻常。目前，王老诠的后裔在本岛内外都在传承和发扬光大其先祖优良传统，行善积德，勤勉奋发，积极为实现中华民族伟大复兴的中国梦贡献力量，赢得了世人的敬重和爱戴。

王名琦传略

王名琦（1397—1486 年），男，汉族，处士，楷模南村立村始祖王诒谷的儿子，广东省琼州府临高县新化乡探力都楷模南村（今海南省临高县皇桐镇楷模南村）人。生于明洪武三十年岁次丁丑年（1397 年），卒于明成化二十二年岁次丙午年（1486 年），享年 90 岁。王名琦夫妇育有二男三女，第一、第二、第三胎为女儿；第四胎为儿子，起名会之；第五胎为儿子，起名议之。

王名琦从小聪明好学，诚实劳动，安身立命，孝老爱亲，重情重义，一辈子积德积善，深孚众望。他发扬光大其父亲王诒谷的优良美德，与周边村庄的村民守望相助，各美其美，美人之美，美美与共，合作共赢。他组织周边村庄的村民开渠引水灌溉农作物，较大幅度地提高农作物的产量。他积极引领周边地区的村民改用良种良法，科学种地，科学种田，为周边地区经济发展社会进步做出了突出贡献，深受周边村庄的尊重与爱戴。他带领儿子、孙子坚持拓荒不止，开发了3000 多亩土地，泽被后代。王氏族人在皇桐地区繁衍生息，开枝散叶，谱写着与这块热土的世世情缘。

"积善之家必有余圣"。今天，王名琦的后裔已发展到 600 多人，有 400 多人在楷模南村安居乐业，还有 200 多人在全国各地乃至世界各地建功立业，报效祖国，报效人民，报效家乡，光宗耀祖，为族人树立标杆。如今，王名琦的后裔有的务农，有的务工；有的从政，有的从军，有的行医，有的经商；有的从教，有的从文，可谓三百六十行，行行都有王名琦的后裔奉献智慧和汗水。他们注重发扬光大其优良族风，崇德向善，精忠报国，廉洁奉公，全心全意为人民服务，深受世人的尊重与爱戴。

王诒谷传略

    王诒谷（1368—1456 年），男，汉族，处士，广东省琼州府临高县新化乡探力都楷模南村（今海南省临高县皇桐镇楷模南村）人，生于明洪武元年岁次戊申年（1368 年），卒于明景泰七年岁次丙子年（1456 年），享年 89 岁。王诒谷的父亲王佩公于明洪武四年（1371 年）由福建省福州府莆田县桥头花村入琼，被选拔任会同县（今琼海市）县篆（知县）。佩公生六子，前五子居会同、琼山、儋州。第六子王诒谷发扬光大前辈"勇于挥别故土，不远万里到宜居、宜业、宜学、宜养、宜游的地方实现梦想，发展壮大"的优良传统。明洪武三十年（1397年），王诒谷携妻子及 3 个幼子名球、名汉、名琦从广东省琼州府会同县迁居临高县福山地区（今澄迈县福山地区），参与建立和兴村（今澄迈县红光农场和兴村）。为了扩展新天地，明正统十三年（1448 年），王诒谷一家迁居临高县皇桐地区，初居板车，继居根窝，后居美招。时因美招有棵楷树，非常高大，长得奇异，并溢香气，村里人常在楷树下休闲、纳凉。由此，村因树而得名，叫楷模村，寓意模范之村。王诒谷为楷模村的开基始祖。楷模村有南北之分，称为楷模南村和楷模北上、下村。

    王诒谷勤劳勇敢，明礼诚信，与人为善，慷慨豪爽，崇文尚武。他乐于与人分享，各美其美，美人之美，美美与共，合作共赢。他除了倡导周边村庄的村民筑堤坝直接引水灌溉田地外，还教会周边村庄的村民在陂塘置水车吸水灌溉农作物，较大幅度提高了农作物的产量。他积极引领周边地区的村民改用良种、良法，为周边地区经济发展作出了突出贡献，深受周边村庄的尊重与爱戴。他带领家人披荆斩棘，垦荒种植，开基立业。王氏族人在皇桐地区繁衍生息，开枝散叶，枝干遒劲，苍翠挺拔，谱写着与这块热土的世世情缘。王诒谷"勇于挥别故土，不远万里到宜居宜业宜学宜养宜游的地方实现梦想，发展壮大"的先进理念已深深融入其后裔的血液里。王氏族人有择商机而迁徙的本能，哪里有生存发展的空间就奔向哪里，寻找发展机会，繁衍生息。许多王氏后人移居国内外。他们在旅居地经过一代又一代人的拼搏，融入了当地社会，过着幸福美满的生活。今天，王诒谷的后裔已发展到 2000 多人，大部分人在楷模南和楷模北上、下村安居乐业，有 500 多人在澄迈县福山墟和临高县皇桐镇头松村定居，还有 600 多人在全国各地乃至世界各地建功立业，光宗耀祖，报效家乡，为族人树立标杆，报效祖国。王诒谷的后裔心心相印，礼尚往来，互相帮助，乐于为家乡做贡献。如今，王诒谷的后裔有的务农，有的务工，有的从政，有的从军，有的行医，有的经商，有的从教，可谓三百六十行，行行都有王诒谷的后裔奉献智慧和汗水。他们注重发扬光大其家族的优良族风，崇德向善，积极为国家、为社会贡献力量，深受世人的尊重与爱戴。

王良选传略

王良选，男，汉族，临高县新化乡蚕村都透滩村（今临高县皇桐镇红专居委会透滩村）人。宋开禧年间科举人。仕郁林司户参军，建透滩桥。

王原恺传略

王原恺，男，汉族，明代临高县新化乡蚕村都透滩村（今临高县皇桐镇红专居委会透滩村）人。性笃孝，乡里重之。以子佐贵，赠奉政大夫江西临江府同知。

王肇元传略

　　王肇元，男，汉族，字魁一，清同治九年（1870年）庚午科武举人，临高县那绵人，光荣公次子。自少读书有大志，慕班定元之为人，投笔从戎。年二十，举庚午科乡试。公车北上，春闱报罢，以会试小榜掣签。以兵部差官归海口水师营投标，署左哨千总管带。练船于遂溪地方，拿获首匪揭春亭等，遂委儋州营守备，兼代理游击篆务，调署镇标守备。旋升海口营水师守备，委带师船驰赴雷琼洋面，擒获著名首匪陈不赫、林不始等八名。随往遂溪安铺一带剿办会匪，追擒逆首，异常出力。谭制军保奏，请免补守备，以都司尽先补用，并委署永靖营都司。数月卸事，仍归海口营侯补。莫镇军素知其能，委带统船出巡缉。其时海盗游弋劫掠，时闻高、廉等处著名匪首多在琼州海湾随时出没，莫镇军奉岑制军电谕，责成地方官严缉，不可使之脱网。闻命之下，急赴儋、临、昌、陵等处，密为查缉，果于昌化山顶擒获口官攻城首匪李尖头二名。岑制军赏其勇谋，委署儋州营游击，升署并赏戴蓝翎海口营参将。其生平已廉直，恤兵爱民，遇事敢为，不为众论所夺，口碑载道，无庸缕陈。好义轻财，凡乡里有善举，必竭力以助成之。服官二拾余年，宦囊如洗，不名一钱，亦近今所罕觏也。同胞四兄弟，二进文庠，二进武庠，名重一时，亦海外传为盛事。

史流芳传略

史流芳，男，陕西华州人，清康熙三十至三十七年（1691—1698 年）任临高知县。任职期间，注重吏治，发展生产，推行教育，编史修志。清康熙三十三年（1694 年）编修《临高县志》二卷。

刘大霖传略

刘大霖，男，字孟良，号心琼，临高县水宁乡县郭都（今临城镇）人。

刘大霖出身一个累代书香的家庭。祖父刘世豪，虽隐居不仕，但很有文名；父亲刘珍，官至思州（治所在今贵州省务川县）知州。刘大霖从少年时起，已与诗书结下了不解之缘，整天手不释卷，废寝忘食。

明万历四十三年（1615 年）考中举人，四十七年（1619 年）考中进士，被任为大理平事，因下肢瘫痪，归里隐居，终身不仕。

刘大霖回家后，隐居不出，以文字自娱，处世宽和，品行端方。《琼州府志》及《县志》称他"盛德可观"，为"郡邑推重"。明崇祯八年（1635 年），海南副使苏某查知已故进士刘大霖"道高操洁，志行光明"，饬令临高知县赐给衣巾礼物与他的长男，作为奉祀。明末，县奉旨建进士坊于县治之前。清顺治十八年（1661 年），知县蔡家祯移建于文庙棂星门外；雍正六年（1628 年），知县鲁遐龄移牌坊建于中街；民国二十六年（1937 年），因牌坊倾颓，刘氏合族移建于刘氏宗祠面前。牌坊正中石刻"进士"两字，两旁有王良弼先生题"学重琼邦，名高徽省"对联。后人至此瞻仰，肃然起敬。

朱原律传略

朱原律，男，江西浮梁人。明成祖永乐初年（约 1403—1410 年），由福建省福清县丞升任本县知县。

他的得力助手是县丞陆升（广西灵川人）。在任期间，他俩兴修衙门屋宇，名胜古迹，县学校舍等。朱原律支持陆升把太平桥改为石桥（即临江桥，今称文澜桥）。石桥建成后，群众称便。

陆升传略

陆升，男，字彦升，广西灵川举人。明永乐初，由分宜丞转补临丞。公平勤慎，惠爱及民。创建太平石桥，民咸利赖。

陆汤臣传略

陆汤臣，男，广西横州人，明嘉靖年间任临高知县。创建启圣、名宦、乡贤诸祠，又建澹庵书院于西郊，置田以为修葺费。

张延传略

张延，男，直隶天津人。于清光绪十四年至二十年（1888—1894 年）任本县知县。在任期间，注重文化教育事业。他为人温厚仁慈，廉洁自守，勤于政务，体恤民情。他参照前任聂缉庆的做法，注重清政简刑，无忧于民，深得老百姓的信赖和爱戴。他热心编史修志，继往开来。他上任伊始，就继续完成前任知县聂缉庆尚未完成的修志任务，至光绪十七年（1891 年），县志始告完成，全书 24卷。

张岳崧传略

张乐崧（1773—1842年），男，字子骏，另字瀚山，号觉庵、指山，清乾隆三十八年（1773年）出生于临高县新化乡遵宪都罗万村（今美台罗万村）。其父张居伟搞乳猪生意，由临高贩运乳猪到琼山出售，落籍琼山甲子地区，后辗转到定安县高林村定居。张岳崧随父母至高林村立籍。清嘉庆十四年（1809年）己巳嘉庆五旬寿恩科殿试一甲第三名及第，成为海南历史上唯一探花郎，被学术界誉为明清海南四大才子（丘浚、海瑞、王佐、张岳崧）之一，海南四绝（丘浚学识渊博，著作等身，世称"著绝"；海瑞为官清廉，耿直忠心，世称"忠绝"；王佐勤奋笃学，以诗文出名，世称"吟绝"，张岳崧笃学不倦，精通书画，世称"书绝"）中的"书绝"。

张岳崧年少时，生性聪敏过人且放荡不羁。他在三及村（今址在县看守所之北，已湮没）林员外家陪读时，常常因贪玩受私塾先生的责骂。张岳崧撰一副对联："不怕贪贪得八斗五车贪仁富义。何嫌荡荡到龙楼凤阁荡子成家。"表示他的远大抱负。十岁时，他带着书籍行李拜琼山县的蔡尚昭为师，学业进步很快。清嘉庆九年（1804年），张岳崧参加甲子科乡试中举人。清嘉庆十四年（1809年）中进士，以一甲第三名及第，成为海南历史上唯一探花郎。嘉庆皇帝为海南的张岳崧能考中这样高的名次而喜悦地说："何地无才乎！"张岳崧中探花后，回到临高县罗万村宗祠拜祖时题写了一副对联，上联：自元而明而大清流长源远；下联：由举而进以内翰祖德宗功。张岳崧还为罗万村《张氏家谱》撰写了一副对联：上联：祖宗临高住；下联：子孙定安居。

张岳崧中进士后，一生为官，历任翰林院吉士、编修、侍讲，四川乡试主考官、会试同考官，国史协修，文颖馆纂修，文溥阁校理，文英殿纂修，江苏常镇通海（常州、镇州、通州、海州）兵备道，两浙盐运使，浙江按察使，湖北布政使，护理湖北巡抚等职。他不论在京师还是在外地任官，责任心都极强，政绩斐然，深受上司的器重和百姓的赞颂。

清道光十一年（1831年）三月，张岳崧奉命赴任江苏常镇通海兵备道时，连月霪雨，江河暴涨，东南各省水灾严重。为了治水救民，他上任的第二天，就亲临灾区，乘小舟，冒风雨，渡扬子江督察，发现数百里河床仅靠一线堤，非常危险。于是，他亲自率领军民冒雨筑堤，立在泥淖中，从半夜至次日傍晚未从离开。随从以为堤险，请他避开，他说："堤以卫民，避将焉往？"冒险坚持督率官民护堤，竭力抢险，终于治平水患，化险为夷。同年，张岳崧还同林则徐（1785-1850年，福建候官人）司江北赈抚事宜，亲自冒着风雪，周历水乡十余邑，细心查户口，监督发放救灾米粮，并考察河流地势，写了三本治水灾的《水利论》。

张岳崧非常注重整顿吏治，他任湖北布政使时，楚汉江一带不断发生水灾，黎民困苦，财政拮据。他克已奉公，竭尽职守，除弊兴利，做到堵诸浮费，使款归实用。对灾民关怀备至，鼎力救济，采取措施，稳定粮价。从别地逃荒来的灾民，也先捐兼俸，以创经费，还发文到各郡县，遇灾民过境，一律安抚资送，勿令远涉邻省，及窜入苗疆滋事。与此同时，筹集铜铅，铸钱发入兵饷，并发赏给民间，以利于通货，使兵民受惠。为利国利民，他还大刀阔斧地整顿吏治，理好财政。他提出"藩司职在用人、理财"，对属官要"聆其言论，察其操守，细微不忽，遇殖谬必究其事。"后来他曾查处一桩"盘踞需萦"案。把搞阴谋诡计的犯罪官员立即逮鞠服罪，群吏肃然，官民交融，此后孤鼠敛迹。

张岳崧非常重视兴学育才。他在任江苏常镇通海兵备道时，就捐俸修建荒废的汉中之涅中书院，恐昌之南安书院，绥德之雕山书院等。他还曾在羊城（广州）之越秀书院、琼州之琼台书院、肇庆之端溪书院和雁峰书院等讲学，传播知识。他捐资合刊《邱文庄·海忠介文集》，并多方搜辑丘、海两公之遗文。

张岳崧与民族英雄林则徐（1785-1850年，福建候官人）多次共事，志同道合，都积极主张查禁鸦片。嘉庆末年和道光初年，张岳崧和林则徐同在翰林院任职；道光十一年（1831年），他们同司江北赈抚灾民事宜；道光十三年至十八年（1833-1838年），张岳崧任湖北布政使、护理湖北巡抚，林则徐任湖广总督，由于志趣相同，交谊甚深，对与国家民族休关之事均有同感，同是禁烟派。

清道光十九年农历二月（1839年3月），道光皇帝派林则徐为钦差大臣南下广州查禁鸦片。当时身任护理湖北巡抚的张岳崧闻风而动，积极响应，极力支持。张岳崧在向道光皇帝所上的《奏查禁鸦片章程》中，提出严禁鸦片的主张和看法。他还撰写《匡谷论》，阐述鸦片输入中国的危害，指出每年被外国刮走的白银就有几千万两，"未有如洋烟之为祸益烈也"，"古今恶行，其损身、败名、丧财、废事，无甚于此者。以外夷诡诘之物，以人厚值而流祸中国，而至人皆病瘦羸夭不止"。并为此提出四条禁烟办法："一曰遏其贸易；二曰禁造此物；三曰示以禁法；四曰讲明义理。"他还在《议设立收毁洋烟公局启》中指出，若想禁绝鸦片，必须严于追究法律刑事责任。并为此付诸实施而辛苦奔波。

清道光十九年（1839年），张岳崧因母丧奉讳归里。是年农历五月，他路过广州，宿于越华书院，寻机会见林则徐，商议禁烟事宜。林则徐委托他回家期间，协助办理雷州、琼州禁烟之事，他积极支持和尽心尽力而为。每到一地，都召集乡绅设局收缴烟具，发药劝戒，士民生意应试以赴乡闱者，俱要互结。是年农历八月初一日，他给林则徐一封汇报信中说："日前一函，将岳崧抵籍日期，并查禁洋烟情形申报，谅蒙垂览。……至洋烟一事，各县城、乡市集，人情顽，大费提斯。又绅士无多，而地方辽绝，极难周遍。崖、陵、昌、感尤似化外，查禁之难似此"。他还向林则徐禀报了从海上偷运鸦片入境的情况，并提出禁止办法："管见以为拟宜严禁民船不准出洋，而限以时日，庶可免此。"

张岳崧品德端方，生活严肃，不苟言笑，居处恭敬，造次必以礼。居官政绩卓著，廉洁奉公，从不受贿中饱私囊。从钦命士官数十年，未曾置产业，敝庐数椽，够蔽风雨而已。林则徐在向道光皇帝汇报情况时，也说张岳崧品学兼优，办事公正严明。道光皇帝也感赞张岳崧"综务精明，持躬恪谨。"

张岳崧敦笃交谊，助人为乐。清道光四年（1824年），临高同乡王尚锦拔元（拔贡第一名），到京初上任，忽暴病身亡。当时在京任翰林院编修官的张岳崧，出于乡情友谊，派其从弟张岳昆护送王尚锦的枢棺，千里迢迢运回临高，交付王尚锦的家属。

张岳崧博学多才，文章、诗词、书画、政治、经济、水利、医学无所不精，其诗赋宗汉魏而出入唐宋诸家，书法得晋唐诸家奥秘，临仿各造转录，片纸只字，世人争索珍藏。其述著也甚丰，著有《公牍倡存》1卷、《筠心堂文集》10卷、《筠心堂诗集）4卷、《运河北行记》1卷、《训士录》和晚年同明谊合编的《琼州府志》44卷等传于世。他的著作、书法作品，迄今广州中山图书馆均保存完好。

清道光二十二年（1842年），张岳崧在家中病逝，终年69岁，葬于今琼山市甲子镇毛头村前。

在张岳崧的直接熏陶下，其子张钟秀于清道光二十八年（1848年），参加会试，中进士第39名。

杨护传略

杨护，男，广西象州人。明天顺年间任临高县知县。

他莅任后，了解到前任政多苛虐，民怨很大。因此，下令革除各种弊端。他平素明察下情，处事稳重，每临事，先辨真伪，明善恶，从不草率，对于犯有过失的人，只要不是民愤极大，非惩处不可的，他都耐心规劝，引其悔改。罪犯多受其精神感化，很少重犯。因此牢狱拘留囚犯很少。上任初期，人们看不出他的政绩，但数年后，社会安定，词讼减少，人们才佩服他的才能。

明成化二年（1466 年）春，杨护遭人诬谤，被迫离任。临走的那天，老百姓带着各种礼物，前来送行，络绎不绝。他拒收礼物，老百姓却不肯让他离去。新任知县梁俭看到了这感人的情景，不禁叹道："此无所为而为者，可悯也，吾当一屈杨君，以慰吾民之心。"说后，将一幅白布铺在地上，让送礼的人们签名留念。不一会，便签满了白布。他拿给杨护看，还劝杨护收下了礼物。这样，人们才让杨护上路。送杨护到海边上船的老老幼幼近千人。

陈节传略

陈节，男，号振源，福建晋江举人。明万历初，由荆门司教擢临高知县。德性温纯，才达政简，明于断狱。有盗杀人者，狱具于前令，节复鞫之。视其器为屠刀，访其人素未习屠，疑而置之。数日，得真杀人者，乃屠；而囚，固平民也，释之。奉檄丈田，廉谨均平，海忠介叙其成功，称其公、廉、勤、慎四道备焉。晋儋牧，百姓泣留不可，乃勒纪绩。历台州同知。

陈址传略

陈址，男，广东连江举人。明嘉靖年间任临高知县。廉明慈惠，礼士爱民。因送考，同诸生北渡海，舟溺于海。士民哀慕，塑像澹庵书院祀之。

李仲真传略

李仲真，男，中州人，临高县尉，元至元十五年（1278年）在县治东将简陋木桥改建成坚固的木桥，称史太平桥。

李绳祖传略

李绳祖，男，山西解州人。拔贡出身，清康熙二十三年至二十六年（1684—1687年）任临高知县。李绳祖莅任时，正值久旱，又遭海盗之乱，田地荒芜，民不聊生，四处逃荒。李绳祖带领县人王一亮到京城，请求削减税额，经朝廷核准，从1万两减为3000两。县人缅怀其恩德，建立祠堂，把胡宗瑜（明崇祯年间任临高知县）和李绳祖合祀，称为胡李公祠。

林浚传略

　　林浚，男，临高县和罗村人，清光绪年间中岁贡。他题书的楹联，妙趣横生，使人合掌称赞而拔擢，啼笑皆非而罢官，也使人爱其才而挽留。清光绪年间，临高县东山村兴建了一座学官，请来一位老先生题书楹联。正当老先生冥思苦索之际，时年9岁的林浚当仁不让地挥毫题书了一副楹联，上联：东山地接尼山脉；下联：曾氏家传孔氏书。某一年，陈彬调任临高知县，前任知县按旧例，叫附近的老百姓凑钱来搭风馆以迎陈彬。林浚闻之，便向老知县提议："不要凑老百姓的钱，只花十多文钱来买红纸给我写副对联，和召集生员百姓，在东门外的大榕树下欢迎便可。"老县长笑纳，按林浚之意而行。于是林浚挥毫写了一副对联，上联：树下仰苍天雨露万家遍种甘棠迎召伯；下联：车前环赤子生员百姓还骑竹马迓文翁。当天，知县陈彬来到东门，看到生员百姓夹道欢迎，又看到榕树下的这副对联，心中暗喜，叫随从拿下这副对联，照原字样刻在他家的主柱上，用金水填上。后来，皇帝派巡按御使来到临高查访，又到他家，看到此对联，认为陈彬是个爱民如子的清官，回去便向清朝皇帝上奏，即提拔陈彬为知府，后提为总督，又晋升为礼部尚书。还有一个知县在临高执政时，残酷地剥削和压榨人民，老百姓无不恨之入骨，但敢怒不敢言。知县卸任那一天，林浚把自已写的对联，挂在知县轿子前面，上联：未来前风调雨顺；下联：既去后国泰民安。那个知县回到上峰的衙门，得意忘形地与主子谈其政绩。料不到他的主子早已看见林浚写的这副对联，当面斥责，罢其官，不再派他到其他地方去当知县了。林浚当岁贡之后，被派到雷州府去当教谕。但好多文人看不起他，他心中苦闷，辞职归田。他临走前，撰写一副对联，贴于门墙之上，上联：海外五指峰耸而立特而超矗立云霞上出重霄居北海；下联：砚田三寸土旱不干水不泄宏修无畛域一空万顷小东田。雷州府的头目和文人看此对联后，都认为林浚有才华，极为挽留。林浚感其诚挚，欣然留下。

林道玖传略

林道玖（1224—1277年），男，字世元，向荣公之子，系临高县博文都才主村（今博厚镇才主村）人，生于宋嘉定十七年（公元一二二四年）农历三月初九。娶南田村王家女为妻，生一子名永昌。道玖年幼时雅爱赋词吟诗，见识迥异凡人。道玖十六岁时入学馆进修，连科应考中廪生。道玖少年时，爱好研究道学创始人老子、庄子的著作，并能熟背其中好些名篇。成年之后，更倾心于《老子》关于事物发展变化的一些见解和阐释，便在香林山结庐养性修身。后因其聪明颖悟，学习大有进境，深为当时一些熟谙此中奥秘的人所赞许。乡村父老便集资推荐他千里迢迢前往都城杭州灵隐大雄宝殿从师深造。学习期间，虚心求教，学业日益精进。他在都城跟随名师学习多年，获得真传。学成归乡后，寄迹山林，潜心于老庄之学，精变化之术。他根据当地苦旱缺水的地理环境，曾试图做一些改变的工作。他认为在一定的条件下，主体和客体是可以发生转化的。

林道玖精通技艺，尝裁物为鱼、投于水中、维妙维肖、宛若活鱼；林擅于内功，练就一身绝招、能腾身而起、高达数丈，又能竖物空中，随风飘举，久久不坠，乡人都叹为观止。《中国名人大词典》载入其名，并被称为我国宋朝末年道学家。

林道玖卒于宋景炎二年（公元一二七七年）。乡人称其生前所居为崇真堂，此堂至今尚存，并塑肖像纪念。勒之为南天昊圣、护国冲虚、妙道真人。

冼雷传略

冼雷，男，临高县永宁乡县郭都（今临城镇）人。元大德年间（1297—1307年），授本县县学教谕，后任昌化军学正。元大德七年（1303年），县令达鲁花赤黑汉，目睹县衙简陋倾颓，下令修复。同年动工，翌年秋修成，冼雷作《重修县治记》一文，以记其事。而后，冼雷第一次编修本县县志，可惜失传。

罗凤兰传略

罗凤兰（1847—1910年），琼剧女演员，工旦行。临高县博厚人。后迁居琼山县、海口市。初年当歌伎，为庆寿堂班班主聘用，教演三、二门贴旦。演《大观园）中婢女袭人一角，初露头角。不久，为各大名班争聘为正旦，名闻全岛。清政府一官员欲纳为妾，聘以厚礼，罗凤兰辞而不就，几遭陷害，不得已出走南洋，搭班演戏。那位迫嫁的官员离琼后，罗跟班返琼。不久，婚配同班小武王统元。身怀六甲时，又随班出洋旅演，在东南亚一带享有极高声誉。年五十岁时改扮老旦兼任随班教师。

罗凤兰长相艳丽，身段苗条。当歌伎时，嗓音清脆亮丽，以歌闻名。学唱土戏后，很快掌握各种板腔，也是以歌享名。唱戏曲调纯正，字正腔圆，行腔运调婉约、缠绵；舞姿优美，讲究身段动作的工整，一招一式，轻盈素雅，表情传神。戏路较广，青衣、花旦、老旦均能应工，尤擅演悲苦戏。凡唱哀怨忧伤之歌，每每开腔，都引起观众呜咽下泪，是继白玉娃、不船之后的著名"苦旦"。年逾五十，改唱老旦，嗓音毫无变质被观众和同行誉为"唱功第一"。生平不喜演"排场提纲"戏。当"排场提纲"兴起时，她持反对意见；班主和同班为了多演戏、多领戏金而催她演排场戏，她也拒而不演，坚持上演"真本钱"戏。一生演出的剧目有四十余出。《大观园》袭人，《西厢记》红娘、莺莺，《十八台大轿》周喜姑，《李三娘磨镜》李三娘，《琵琶记》赵五娘，《窦娥冤》窦娥，《铡美案》秦香莲，《节妇碑》王姣，《三审义女》玉堂春，《菊花精》菊花，《十四字令》李氏，《十八载寡妇》何氏等，是其名作。清宣统二年（1910年），病逝于越南西贡。

庞不燕传略

庞不燕，出生于清代咸丰到光绪年间，系临高县抱庞村增生庞焕圭之女。幼性颖悟，俊俏伶俐，焕圭爱如掌上明珠，习她以诗书。

燕十八岁，嫁给临高乐全村王廷柱为妻。过门仅一年，农历五月初五日（端阳节），廷柱在美文溪游泳溺死。燕闻到噩耗，立即奔赴溪岸，纵身投江，欲跟丈夫同枕黄泉。幸得众人抢救，殉情未遂。燕被劝回家后，矢志不渝，甘心守节，铭心存古，将故夫"八字"刻在耳环上，以表永远思念。她心慈性善，日夜勤织，自食其力。义取胞兄的三小儿来抚养，希望继承丈夫遗志。各名宦乡绅皆怜悯燕的为人，赞颂她的贞操，赠以不少诗联，载入族谱。省督学吴某奉旨旌题"巾帼完人"四字，嘉旌其美德。

燕守节坚贞，孝父兄闻名。每痛念故夫，日夜哀思，缠绵凄恻。她的哭夫唱词，流露出忠贞不渝的感情，洋溢着年轻夫妻的生活气息。意切情真，感人肺腑。她的哭夫唱词，委婉含蓄，比古道今，触景生情，寄物言志，拨人心弦。上至天星日月云雨，下至人畜花鸟草木；一年四季的花开花落，人生悲欢离合的常情，运用得淋漓尽致，包罗万象。她的哭夫唱词，语言简炼，深入浅出，耐人寻味；排比对偶，朗朗上口，深为群众喜闻乐见。故广东督学特赠一对联："凡言行无非典则，虽歌哭亦见文章。"她的哭夫唱词，影响深远，遍及城乡。当年，每当她哭夫时，赶赴现场旁听的人，数以千计。从八九岁的幼女以至霜鬓的老太婆，都不同程度地学唱会唱，民间艺人也频频流传演唱。据说，有一位来探亲的文墨先生，听到不燕的哭夫唱词，出口成章，富有文采，于是挥笔一一追记下来，计有几百句之多，故抄本得流传至今。

庞不燕守节王家，边织边读，深得乡人赞许。同村童生王必祯等，有时作文写不来，就经常向不燕请教。她分析得头头是道，指导得有物有序，使童生们的思路，豁然开朗。久而久之，她成为校外的义务老师。从这可以看，燕虽年轻，但知识渊博，不愧为临高的民间才女。

　　清光绪十八年（1892年）壬辰季秋，琼州府正堂吕某，临高县正堂蒋某，钦命广东提督吴某，奉旨竖立王门庞氏节孝碑坊。吴某赠予"巾帼完人"，蒋某赠予"媲美柏舟"等匾额，以旌表贞节。

胡宗瑜传略

胡宗瑜，男，湖广荆门（今湖北荆门县）人。明崇祯年间，以举人任本县知县。他为人温厚仁慈，廉洁自守。平素勤于政务，体恤民情，且注重教育，每逢四、九日，都定时到学宫为学生讲课，坚持不懈。在任期间，为民众兴利除弊，政绩卓著。卸任后，全县士民捐资兴建通明书院，以资纪念。后来，县人缅怀其恩德，建立祠堂，把胡宗瑜和李绳祖（1684-1687 年任临高知县）合祀，称为胡李公祠。

唐朝选传略

唐朝选（1391—1469 年），女，琼山东厢人。嫁与本县抚黎土官王原恺为继室，是王佐的生母。她出身名门望族，父亲唐瑶曾任山东金乡知县；叔父唐舟是监察御史。她聪慧娴静，知书识礼。明宣德九年（1434 年），丈夫王原恺在外逝世，王佐 7 岁，她负起教养重任，培养王佐成才。明成化五年（1469 年）六月六日，唐朝选病逝，享年 79 岁。

聂缉庆传略

　　聂缉庆，男，湖南衡山人。于清光绪十三年至十四年（1887—1888年）任本县知县。上任之际，正值盗匪猖獗，他即以捕盗安民为先务。首先悬重赏，侦察得盗匪踪迹，后派兵勇加紧进剿，先后捕获要犯 20 余名。不久，又捕获盗首陈五卿，地方始告安靖。之后，着手修筑城垣，设立保甲，加强社会治安。他勤于政事，常邀请公证绅士议论政务，处事不偏不激，秉公决断，因此甚得人心。

　　他注重建设，先后修葺了胡李公祠和其他祠庙。他还在北帝庙、三营圩、波莲圩、南宝圩、和舍圩、马袅圩、龙波圩和安全港设义学，延师主讲。他热心县志的纂修。康熙年间樊庶编成的《临高县志》，时隔 180 余年，他决意重修，将俸禄捐为基金，召集士绅着手编纂。次年其调任新职，继任知县张延续修，至光绪十七年（1891年）县志始告完成，全书 24 卷。

梁俭传略

梁俭，男，江西泰和人。明成化二年（1466年）继杨护任本县知县。

梁俭原在京师国子监与王佐同学。分手时，王佐曾嘱托他，请替自己看望母亲。他到任后，不负王佐所托，常去慰问王母，馈赠礼物，手书"慈训堂"3字，张挂于王宅中堂，并作《慈训堂记》一篇，表彰王母。

梁俭参照前任杨护的做法，注重清政简刑，无扰于民。老百姓对他信赖和爱戴。不幸的是，他往吏部报政返回海南时，舟沉于博铺（今昌拱港附近）海中。噩耗传来，人民悲痛。当时，他没有亲人在任所，许多人头扎白巾，到海边去吊祭。

王佐对杨护和梁俭，给了很高的评价，说他俩的政绩是："廉明宽仁，深知民隐，恤民如子，自前后官，未尝有也。"

谢渥传略

谢渥（又名谢景惠），男，号四酉，字润芝，进士出身，授文林郎，福建晋江人。他是本县迁县治于莫村（今县城所在地）后的首任县令。

宋绍兴十八年（1148年），胡铨被贬吉阳军（今三亚市），路经临高，谢渥盛情恭迎胡铨，让他住在"茉莉轩"（茉莉轩是谢渥读书休息的场所，院内遍种茉莉花，故名）。谢渥召集全县士子，来"茉莉轩"聆听胡铨讲授春秋大义、传播中原文化。以后，临高县博顿土子戴定实中举，名缀吏部，这是临高士子接受中原文化、步入仕途的开始。当时胡铨讲学用的书桌、坐椅、笔墨砚和留下的墨迹，为谢渥曾孙谢济珍存，直到元初，才遭兵燹焚毁。

谢渥来临高后，把中原先进的农业技术专授给本县农民，亲身督促农事，教民开荒，农业才逐步发展起来。临高从隋大业三年（607年）建县以来的五百多年里，县治虽然几次迁移，总是从这一海边迁到到另一海边，那时生产落后，居民多以渔猎为生。全县只有几千户人家，一两万人口，几乎都集中在沿海地区，陆地人烟稀少，野草丛生，成为野兽出没之所。胡铨被贬路过临高所写的"野草荒烟正断魂"正是当时情景的写照。谢渥上任后，跋山涉水，披荆斩棘，巡察乡里，察访民情。他决定开垦文澜江两岸平原，采取"劝民为农，鼓励垦荒"措施，号召农民垦殖荒地、建造田园、发展农业。文澜江两岸平原的村庄大多是那个时期建立起来的。他推广了中原的先进生产工具，如使用犁、耙、耧、锄、镰等，并教会农民制造和使用龙骨水车、水转筒车等汲灌工具，使稻田淙淙不断地得到灌溉。他还传播福建的生产经验和技术，促使农业发展，使农民在某种程度上得到一定的休养生息。

谢渥，是个关心民瘼的父母官。宋绍兴十九年（1149年），在临高发生了罕见的旱灾，水田龟裂，井泉几乎全部干涸，农作物失收。谢渥县令爱民如子，不辞劳苦地视察灾情、访问灾户，想方设法减轻人民负担、安定民心以度过不平凡的荒年。历史上为老百姓做点好事的父母官，老百姓总是久念难忘。谢渥的先百姓之忧而忧，后百姓之乐而乐，可以说是继承和发扬了范仲淹之遗风。

谢渥县令，本出身礼义之乡，兵部员外郎之嗣，因奸人当道而迁徙南蛮之域，远离山青水碧之桑梓，历尽艰辛，开发临高；教化斯民，无微不至，其泽无穷。

谢渥卸任后，定居临高城南官位村，其子谢宗恩、谢瑞、谢祥都成为廪贡生，累代书香。谢渥墓在距县城南 0.5 公里的锡祥村边，后来刘大霖进士也葬此地。谢渥的后代散居在官位、多琏、兰堂、敦礼、和丰、拜溪、辟逢、龙浪等村庄。

彭京贤传略

彭京贤，男，临高县永宁乡那虞都龙托村（今临高县博厚镇三省村）人。他乐善好施，健康长寿。因彭京贤（100岁）及其妻吴氏（102岁）两位老寿星闻达朝廷，乃于清嘉庆二年（1797年）钦命在龙托村前竖寿门坊。

门坊分为正门、东侧门、西侧门三部分。坊的柱子、匾额和雕刻等建筑物，全部是石块、石条、石板结构。石柱顶端，镌刻着仰卧状四只狮子，左右相互顾盼，极其亲呢，维妙维肖。正门高3.3米，宽2.4米。匾额上面正中处，竖刻着"圣旨"（高30厘米、宽19厘米）两字，表明饮命建竖，备受宠恩；匾的正中间，镌刻"寿门"两个大正楷字，两旁具列承办者五级官阶的五位官员及签署建坊的年月。匾的背面，中间有"齿德兼隆"四个大字，正中上面镌刻"旌表"两字；两旁录下彭京贤及其妻吴氏两位寿星的《懿行录》全文和撰写人，在末处签署竖坊年月。东西两侧门，各高3.3米，宽1.6米。侧门与正门，连锁着一条横匾额。西侧门匾额正面刻写"同光日月"，背面刻写"配老清宁"四字。东侧门匾额的题签，同西侧门匾额一个样。

蒋震举传略

蒋震举，男，号春甫，广西湘源县人。由举人铨选，清咸丰三年至十一年（1853—1861年）任临高知县。廉明仁爱，尤乐作育人才。每考课生童诗文，悉心批改，并延入署，口讲指授，孜孜不倦。经其拔取前茅者，皆进黉宫。修城隍庙、观音堂，安神明而保黎庶。又查文庙坐向前建癸丁，科名蔚起，后改壬丙，甲第未开，遂捐廉倡修，以兴文运。阅三寒暑而工竣，巍焕改观矣。至于四城门楼、胡李二公祠、茉莉轩等处，咸加修葺，伟然一新，光彩峥嵘焉。复广置田亩为膏火宾兴计，栽培惠泽，深入人心。升绥徭同知。去之日，送者相望于道，童叟皆泣下沾襟。爰立德政碑于东门，犹憾未能建祠奉祀，报功于万一也。

樊庶传略

樊庶，男，字潜庵，江苏扬州人，贡监，清康熙四十二至五十一年（1703—1712年）任本县知县。在任知县期间，注重吏治、关心文化和建设。

首先，是招抚流亡，重建家园。康熙十九年至二十二年（1680-1683），本县连续四年大旱，又遭海盗蹂躏，虽经县令李绳祖清减赋税，民困稍苏。但此后十余年，临高屡遭天灾人祸，百姓流亡各地。樊庶莅任后，劝告农民回乡生产社会逐渐安定。

他目睹县衙简陋颓败，上任不久即动工兴建，至康熙四十六年（1707年）四月竣工，历经五年余。其费用都从官员俸薪扣拨，不向民间摊派。

其次是重建临江桥（即文澜桥）。县治东门临江，明初县丞陆升将木桥改建为石桥后，行人称便。但是桥不坚固，每逢江水泛滥，常被冲毁。康熙四十二年（1703年），樊庶用巨石砌桥底，然后用桐油渗石灰，塞填桥座漏洞，使石桥更加坚固。

当时，县治东门空地，设露天市场，日晒雨淋，商民甚感不便。樊庶发动商民捐款，修盖市房，以利商民买卖。康熙四十三年（1704年）他倡导捐俸薪，在县治东南15公里，征并土地，建立多文墟。鼓励商民建房宅集市贸易。

同年，他购置船只，在马袅渡口摆渡，方便商民往来。

康熙四十四年（1795年），县治东5公里之官荣桥（今头铺桥）崩坏。樊庶召集民工，以巨石砌基，修筑坚固，并疏浚下流，引水灌溉良田，更名为"迎恩桥"。

是年，樊庶在东门外茉莉轩左边，建立一所育婴堂，收留孤儿养育，深受人们称赞。又在县治左边，重建一所预备粮仓，贮藏粮食。

樊庶除了地方建设外，还注重文化事业和吏治改革。在他上任第二年（康熙四十三年），台风吹毁孔庙西庑等处，康熙四十四年（1705年），他募集薪俸白银1000余两，选派生员陈英略等12名，负责督工，历时二年，把孔庙修建一新。并在棂星门西边，建正学讲堂。讲堂落成后，樊庶借公余之暇，给童生讲课。

是年，又在茉莉轩左边，建一所义学。用薪俸买那绵都四图一甲民田一庄为义学田，作义学膏火费用。

是年，他倡导修志，广贴文告，征集史料，采访地方掌故，至康熙四十六年（1707 年）三月，编成《临高县志》12 卷。并亲手整理王佐的《鸡肋集》，为之作序，重行刻印。他的吏治改革，如禁止赌博、革陋规、减公费、去图长、免收户、清椰税、更匠灶、恤蛋户，弭盗贼，做到政简刑清，闾里安谧。

樊庶为人清廉不苟，勤政爱民。时常下乡，巡查农务，访向民间疾苦。康熙四十七年（1708 年）之后，他积劳成疾，加上家中人口众多，生计困难，老百姓闻讯后，纷纷用布袋盛米来馈送他。这事传为美谈，后来乡贡王伟业倡导民众于东门外筑一亭，称为馈米亭，并撰〈馈米亭记〉。康熙五十一年（1712 年），他因病离任，遗下《保赤堂记》一文及《阅稼》、《雨后》、《斋中即事》、《巡视海口即事》、《览镜）诗六首，流露了廉洁爱民，淡泊明志的情操。临高人民爱戴樊庶，为之建立了万户弦歌坊及去思碑来纪念他。

戴定实传略

戴定实，男，临高县富罗乡西塘都博顿村（今新盈镇头东村）人。宋绍兴十八年（1148年），抗金名臣胡铨被贬吉阳军（今三亚市），路过临高，县令谢渥恭请他到茉莉轩为全县士子讲授春秋大义。戴定实得到胡铨的教示和万州人士间邱钢的指点，文思大进，于绍兴年间考中举人，授签幕职，名列吏部仕籍。他认为自己能置身于仕林，全赖胡铨的施教。晚年回乡后，嘱咐他的儿子戴雄飞将胡铨在临高事迹刻碑留念。雄飞遵从父嘱，于宋嘉泰二年（1202年），延请书法家方宗万书写"澹庵泉"三字刻入石碑，竖立于当年胡铨发现甘泉的地方。又于宋嘉定九年（1216年），恭请郡守方世功写《澹庵泉记》一文，用巨石镌刻，竖立于井旁，至今尚存。

其子戴雄飞在宋嘉定年间被荐举，任临高校正。

近代精英

王仁传略

王仁（1898—1945 年），男，学名其荣，字同仁，临高县东英镇文潭村人。1920 年入云南陆军讲武堂，1928 年毕业后回广州参加国民革命。黄埔军校王柏龄介绍他到军校当教官，他不同意，说家乡（海南）的人民处在军阀统治之中，他要带兵回海南打邓本殷。因此，在 1926 年初，他奉国民革命军第四军之命去涠州岛征集本县渔船 200 多艘，载运革命军渡琼驱逐邓军。当时他在陈慎荣团任少校参谋，也带领部分军队在本县博铺港登陆，盘踞在临高县城的军阀邓部营长杨启明（徐闻人），素与王仁相识，听到此消息，便挂白旗投降。之后，陈慎荣推荐王仁为临高县长，王仁于 1926 年 1 月上任，同年 6 月卸任。在任期间，他呈请革除槟税、海税、荒坡税，减轻人民负担；废除县长坐轿；支持共产党员王超等建立各种革命组织和开展活动；提倡新文化运动，主张"打倒列强，打倒军阀，打倒贪官污吏"。

1926 年底，他被调任感恩县长，在任三年。1929 年卸感恩县长职务后，回家闲居。抗日战争爆发后，他出任广东省保安第六团第一连连长，驻守崖县马岭。1938 年 9 月，日军 2 艘登陆艇企图从榆林港登陆，他下令炮击，敌艇狼狈逃遁。事后，国民党六十二军军长陈章亲往慰问和嘉奖。

1939 年 2 月 10 日，日军攻占海口。3 月，他奉令任临高别动队长，参加抗日。5 月，别动队撤销后，改任临高县游击指挥部副指挥兼壮丁常备队第七大队长。1939 年 9 月，临高沦陷。日军为了进军加来、和舍一带，企图修复美台的多蓬桥。他接到县游击第四大队长倪有文（1937 年冬季，成立了临高县民族抗日统率委员会，下辖 7 个抗日游击队，共产党员倪有文、王荣分别担任第四大队的正、副队长。）的情报后亲自率领部队和倪部配合，埋伏在多蓬桥，阻击日军，打响了本县抗日的第一枪。

1940年2月，他奉命将壮常队移交保七团。后因左眼发炎，医治无效失明。1945年日军投降后不久，因病去世。

王超传略

王超（1902—1940 年），字少伯，男，汉族，临高县新盈镇头咀港人。中共临高县地方党组织创始人之一。1923 年，王超在北平朝阳大学读书期间，受到进步思想影响，积极参加反帝反封建打军阀驱列强的斗争，次年加入中国共产党。1926 年 1 月，受中共广东区委的派遣，王超以广东农民运动特派员的身份，随国民革命军来琼，回到临高县开展农民运动，并从事筹建共产党组织活动。1926 年 2 月，王超与受共产党派遣到临高开展革命活动的冯道南、刘青云、林月华、王任之等深入农村、学校、团体发动群众，宣传马克思列宁主义，介绍党的知识，开展革命斗争，在斗争中发现、培养、吸收先进分子入党。1926 年 5 月 12 日夜间，中共临高县第一次党员会议在临高县女子学校（今临高文庙东侧中共临高县第一次党员会议旧址）召开，宣布中共临高县支部委员会成立，推选冯道南为支部书记，分工王超负责统一战线工作。

王超等按中国共产党第三次全国代表大会关于"共产党员以个人资格加入国民党"，"同时保持共产党员在组织上、政治上的独立"的决定参加了国民党，并参与筹建国民党临高县党部工作。1926 年 5 月，国民党临高县第一次代表大会召开，选举产生国民党临高县第一届执行监察委员会，王超当选常务委员。

1940 年，为避开日本和国民党反动派的追捕，王超在儋县沙井村因病不幸逝世，时年 38 岁。

王天畴传略

　　王天畴（1858.6—1947.10），男，汉族，监生，楷模南村立村始祖王诒谷的14世孙，王世卿的孙子，王元庆的儿子，广东省琼州府临高县新化乡探力都楷模南村（今海南省临高县皇桐镇楷模南村）人。生于清咸丰八年岁次戊午年五月十一日（1858年6月21日），卒于民国三十六年岁次丁亥年九月十二日（1947年10月25日），享年90岁。王天畴夫妇育有二男二女，第一、第二胎为女儿；第三胎为儿子，起名朝佑；第四胎为儿子，起名朝住。

　　王天畴出身于普通农家，从小热爱劳动，克勤克俭，孝老爱亲，急公好义，乐于肋人，一辈子积德积善。他的父亲王元庆首议并带头捐资兴建的楷模义学（1906年更名为楷模学堂），历经风雨侵蚀，逐年损坏，破旧不甚。王天畴看在眼里，急在心上。他发扬父辈急公好义、尊师重教的光荣传统，主动和本村的有识之士商量，发起并带头捐资于清光绪二十四年（1898年）在原址重新兴建了楷模义学。

　　王天畴自觉践行孔子的"老吾老以及人之老，幼吾幼以及人之幼"，对村里的老人和孩子十分关爱。他23年如一日精心照料村里的单身老人王二公，谱写了一曲感天动地的敬老篇章，被村民称为"孤寡老人的贴心人"。村里老人王二公，又聋又哑，无妻子儿女，孤苦伶仃，生活毫无依靠，住在破旧的茅草房子里过着贫困寒酸的生活。王天畴毅然挑起了照顾王二公的担子，为王二公挑水、煮饭、洗衣服。王天畴还常常省吃俭用弄点好吃的给王二公送去。每年春节前夕，王天畴总是将王二公的茅草房维修一新，还缝制一套新衣服送给王二公。王二公逢人便称赞王天畴："不是儿子胜似儿子"。在王天畴的精心照料下，王二公健康快乐的活到了83岁。王二公寿终正寝后，王天畴按照当地风俗习惯出资为他举办了体面的后事，受到乡亲们的赞扬。

　　于世有功，福自天来。王天畴发扬光大其祖辈父辈"忠孝传家，崇德向善"的优良家训家风，对子女言传身教，其子女个个都健康成长，崇德向善，彬彬有礼，敬老爱幼，团结互助，颇有建树，幸福美满，受到当地村民的尊重和拥戴。

王光谟传略

王光谟（1878—1926年），男，字二典，号鸿文，别号觉禅，临高县东江美山村人。曾在琼台书院读书，与琼山县的王国宪、澄迈县的王钦寅友善。清光绪三十年（1904年）他取得拔贡后，厌恶仕途，回到家乡，发动美山村群众集资办学，邻近乡村的学生慕名而来，他不辞劳苦，因材施教，诲人不倦。

他为人耿直。光绪末年，临高县政被一班土豪劣绅把持，结党营私，鱼肉人民。他激愤之下，写了一副长联讽刺。上联是："郑公黄公薛公，公而不公，公心何在，公道何存，每日奉公为利己。"下联是："东局中局西局，局而又局，局内者甘，局外者苦，几时破局免伤人。"对联尖刻，一时轰动士界，不胫而走。当政者知道后，慑于他的大名也无可奈何。

当时，王佐的《鸡肋集》刻本流传甚少，恰巧他外祖父冯庆云（字瑞五，号莲溪）存一部，他便请王国宪校订，自己出资刻印，自民国五年（1916年）农历十一月初一至民国六年（1917年）农历三月初一，历时一年零四个月刻成。付梓后，赠送两本给广东省中山图书馆保存，使《鸡肋集》得以流传迄今。

1920年，王毓鹏出任临高县国民议会会长，推选王光谟当县议员。时值县府筹款修建孔庙，王光谟反对过多摊派，加重民众负担。他的意见没有被采纳，气愤辞职。他走出东门桥，脱下鞋，洗净双脚，对随从王二吉说："我从此再不涉足临高城，以免污染"。

1926年春，王仁随国民革命军渡琼，赶走了军阀邓本殷，进驻临高。当物色临高县长人选时，公众一致推举王光谟担任，他拒绝说"我已经洗净了双脚，誓不再入县城，什么官也不当了"。

王光谟不肯当官，终生教学，培育人才。他清高的气节和笃实的德行为县人所崇仰。

王良弼传略

王良弼（1886—1944 年），男，号肖岩，临高县波莲镇美珠村人。早年留学日本，毕业于早稻田大学。1920年，应民选任临高县县长。任职期间，做了几件对人民有益的事。

一是兴修南桥水利，疏通渠道，引水流入文澜江。使一片 2000 多亩的稻田（包括和皮、美鳌、南朝、兰堂、带笋、美珠、苏来等村庄）免受水灾，酸结土壤得以改良，获得增产。

二是不信鬼神，注重医学，以药物治病救人。当时根梅、和皮、多罗、多赖、地郎至头星等 20 多个村庄的农民多患有血吸虫病，人们面黄肌瘦，到处求神拜佛，祈祷保佑。王良弼下乡晓喻百姓，解释病因，召集中草药医生，为民治疗。

三是卖私田、办公学。他在任期间，将公款拨给马袅、和舍、南宝、加来等地区兴办小学，离任时，无法交帐。他便将祖置兰篙田一丘（300 担）卖给抱瑞村郑开贵得光洋 1200 元，用来垫补公款。

1925 年，他充任粤军第五统统领，驻扎雷州半岛一年，后由于军阀混战，民不聊生，他愤然离职回临高。1931 年，他创办了临高县乡村师范学校，亲任校长，为培育人才，做出了贡献。

1936 年，他辞任校长后，回家隐居。1939 年 11 月 21 日，日军占据临高后不久，汉奸王受甲奉日军队长高见之命，威迫王良弼出任伪职，他坚决拒绝。一个月后，日伪又派汉奸王金童来引诱说："我奉皇军林田司令之命来拜访你，他和你曾在日本同学，请你到海口一行。"王良弼以"患病"为由再次拒绝。1944年 4 月 5 日，日军蜂拥入村逮捕他。他逃到古柏村附近，因心脏病发作，摔倒而死，终年 59 岁。

王贻坤传略

　　王贻坤（1888—1933年），男，字元卿，临高县东英镇文潭村人。上海法政专门学堂毕业。在校期间，加入孙中山领导的同盟会，他是本县唯一的同盟会员。

　　1917年8月，孙中山反对北洋军阀解散国会，提出拥护约法、恢复国会的主张。这就是"护法运动"。运动展开后，琼崖积极响应，陈继虞组织琼崖国民义勇军（简称民军），任总司令。下设四个支队，委王贻坤任第四支队司令，辖儋临二县民军。1919年春，王贻坤率领民军攻陷临高城，驱逐县长罗维纪。接着，挥师东征，会合澄迈、定安等民军，攻克定安城，继而进军府城。赶走了军阀蔡炳寰。

　　在军阀统治时期，龙济光、陆荣廷、邓本殷等军阀先后混战，互相争夺，祸及临高。王贻坤率领民军驱逐军阀陆荣廷部，为后来临高民主革命开了先河。

　　之后，他历任电白县盐务知事、临高县长、崖县税务局长，最后在陆丰县任公安局长，因患病在该县去世。

王新民传略

王新民（1910—1945年），男，又名王常义，出生于临高县波莲镇美珠村一个农民家庭。小时候放牛，后入美珠小学念书。1935年考入临高简易师范学校，在校成绩优异，曾获学校嘉奖。1937年秋毕业前夕，由符英华、王乃策介绍入党。毕业后，回到美珠小学当校长，还办了一间夜校，1939年4月，王新民任中共林柏区委书记。1940年1月，任中共临高县委常委，分管宣传。1943年秋，成立临儋联县县委时，他任常委兼宣传部副部长。

1945年1月，到波莲地区开展工作。不久，成立第一区民主政府，任区长。一区是日伪统治区，反动势力嚣张。王新民警惕性高，组织5名区员和6名驳壳枪手，随时准备防止国民党突然袭击，同时开展政治攻势。散发传单，张贴标语，召开群众会议，宣传抗日，揭露国民党反共阴谋。

1945年10月，王新民在波莲区太波村被国民党临高县游击第三大队张廷举带领的300多人包围。王新民和11名战友突围时，不幸中弹牺牲，时年35岁。

李华生传略

李华生（1895—1941 年），女，临高县和庆区清化乡新安村（今属儋州市）人。是儋临地区著名的革命母亲。年青时因受不了封建家庭礼教的约束，和丈夫符正气带着 4 个孩子到那大镇居住。丈夫一时找不到工作，生活困难，全家只靠她贩挑大米过活。有一次，她到美扶村某地主家买谷子，回家后发现每斗少半升多，便上门讲理，被地主砸碎了米升（量具），赶了出门。她回家后，对大儿子符志行说："孩子，不论如何，妈都要送你上学读书，为妈争气。"就这样，夫妇俩节衣俭食，一直支持符志行到省城念书。

1939 年冬，琼崖特委派谢凤安、王茂松、符志行等到儋临边界成立大南区，住在她的家。李华生知道了他们的来意后，特别高兴。她对谢凤安和王茂松说："这里就是你们的家，你们也是我的孩子，打日本鬼子人人有份。"以后，除了照顾他们的生活外，还积极协助他们宣传抗日和组织农会、妇救会、儿童团等工作。1940 年 2 月，由谢凤安、王茂松介绍，李华生加入了中国共产党。她入党后，一心一意干革命工作。1940 年春，大南区委根据上级指示，决定以"卖牛买枪打日本"为口号，筹集抢支组织锄奸队。符志行原来已经将家里多年积存的 400 多块光洋买了一支驳壳枪。为了抗日，李华生和丈夫符正气商量，先把家里防益用的枪支交出，再卖田另买一支汉阳造七九步枪送给锄奸队。不久，部队动员她丈夫符正气出来组织后方医院，她把家里养的大猪和积存的 2000 多斤谷子和药品、医疗器械，连同锅、碗等全部献给后方医院使用。

李华生机智勇敢。有一次，中共儋县县委书记吴明等几个人，从美合回儋县北部，路经大南区。为了他们的安全，她亲自带路。当她刚跨过稻田，快到公路时，突然发现几十个日军迎面而来，怎么办？这时正好同村的陈不二从地里回来，李华生急中生智，就指着不二大骂："你把牛丢了，找不回来还有脸见我！"一面骂，一而走近不二，并朝她脸上打了几巴掌，轻声告诉不二："快！后面有我们的同志，叫他们赶快进山躲起来。"不二走后，她走到翻译官跟前问："皇军,我家牛丢了,你们看见路上有牛吗?""谁管你的牛!""啪"的一声,翻译官把她打翻在地上,又踢了一脚。李华生遭到毒打,但吴明等却脱险了。

1940年冬,国民党军队进攻美合根据地。大南区两次派去交通员,在途中均被国民党杀害了。李华生自告奋勇,提出由她去了解情况。大家都认为她去危险,但拗不过,只好派陈不二陪她去。半路上,国民党军队朝她俩开了几枪,她俩分两路走。李华生走到山上,衣服被撕破,手脚被划伤,仍冒着生命的危险,继续往山里找,终于在一个山谷里找到了几家避难的群众,了解到独立队总部和部队都安全转移了,她才回来。

不久,独立队某部从澄迈经儋县返回琼山,途经大南区,宿于符家,受到李华生的热情接待。

美合事变后,200多名伤病员留在后方医院治疗,李华生整天忙得不可开交,她既是医院的炊事员,又是护理员。当时,特委机关护土王一春,脚烂掉队,到了大南区后方医院后又患细菌性痢疾,身体虚弱,下不了床。李华生背她到家里,像对自己的孩子一样照料她。王一春病好后,抱着李华生说:"要是没有阿妈的照顾,就没有阿侬的命了!"

1941年9月的一天夜晚,国民党军队突然包围了美迎村,李华生被捕。儋县国民党头子张钧对她审讯,张钧利用与符家有点亲戚关系,企图通过李华生,劝诱符志行投降。不管张钧采用什么花招,都被李华生严词拒绝。后来,张钧找到了清平乡和庆墟的吴振东作为调解人,和共产党谈判。提出的条件是:符志行不再做共产党工作,可到香港上大学,或到南洋去。吴振东向李华生转达国民党提出的条件。她说:"我明白,不打倒日本鬼子,中国人就要当亡国奴。志行跟共产党闹革命,路走对了,我们全家都走这条路。他们想逼我儿子投降,这是做梦,请你转告我丈夫正气和儿子志行,一定要为我报仇。"吴振东把这些情况转告符志行后,符志行和父亲商量,写了《告乡亲父老书》表达了献身抗日的决心。国民党知道对李华生收买不行,就严刑拷打。过了一个月,吴振东去看她,只见她披头散发,血迹斑斑,牢房里散发出一股恶臭。吴振东含着泪说:"婶子,你被打成这个样子,是否声明和符志行脱离母子关系,由我保你出来养一养身体。"李华生气愤地回答:"不!我生是共产党的人,死是共产党的鬼,决不低头。"

有一天,她到溪边洗衣服,四顾无人,便趁机逃走。可是没走多远就晕倒过去。敌人发现,抓回去进行毒打后押到美南山惨杀。

李春茂传略

李春茂（1903—1931年），男，临高县龙波青郎村人，澄临苏维埃政府的创建人之一。

李春茂生性聪颖，8岁开始上私塾，后入拔吉小学。1921年考上县立第一高等小学，成绩优异。1924年毕业后，考上琼崖加积农工职业学校（1926年3月改为琼崖仲恺农工学校）。在校时加入了中国共产党。

1926年春，李春茂以中共琼崖特委特派员身份回临高，从事农民运动，秘密发展党组织。是年冬，他与王任之到头龙村，发展4名党员，成立头龙村党支部。支书为王任之。1927年1月，他到澄迈、临高交界的敦隆玉果山区，找到了共产党员王宝书，以办敦隆学校为名，秘密建立了中共澄临边区党支部，他担任支部书记。5月，李春茂在洋黄村开展革命活动时被捕。同年7月，农民自卫军攻陷临高城后出狱。调到冯平领导下的西路工农革命军工作。冯平牺牲后，他调回临高。1929年，他和冯道南、王丕利、吴贞国、王任之、王维章等到皇桐地区从事党组织工作。先后建立了美吉、古风、武维、和珍、敦崇、亲仁、文学、和兴等党支部。

1929年11月，李春茂任澄临苏维埃政府主席。

1930年2月，李春茂与谢明义领导武维、谭力、雅化等乡赤卫队200余人，配合红二团1个排，攻打抱桂村团董郑其贤据点，打死敌人4名，打伤7人，缴枪1支，郑其贤仓皇逃命。

1931年4月13日，由于叛徒出卖，李春茂在敦隆山区被捕。在狱中，他经受了严刑拷打，对革命忠贞不渝，宁死不屈。1931年6月，被国民党枪决，时年29岁。

郭云青传略

郭云青（1901—1933 年），男，临高县第五区（今儋州市和庆镇）石平村人。1919 年赴广州市补习学校学习，1920 年考入广州市教忠师范学校，发榜名列第十获得免费就读。在教忠师范学校就读时，郭云青利用空暇时间经常到广州农民运动讲习所听课，常与农民运动讲习所教师周恩来、肖楚女、恽代英等接触。1925 年，他加入了中国共产党。同年夏天，郭云青与柯柏森、王任之、陈大猷、王维章、王超等返乡度暑假期间，在新盈地区进行革命宣传活动，密秘地组织共产主义小组和筹建农民协会，为临高县农民运动播下了火种。

1926 年，郭云青于广州市教忠师范学校毕业后，党组织派遣他回临高开展革命活动。为了更好地开展工作，1926 年底，郭云青接任临高县和舍小学校校长的职务。郭云青亲自领导建立了和舍农民协会。1927 年 2 月，冯平同志筹办的临高县农民运动训练所，在林氏、王氏祠堂开学了。学员有符会运、王政平、黄开礼、符启槐等 60 多人。琼崖特委派郭云青、柯伯森、洪冠英、王维章等同志担任农民训练所的教育工作。1928 年 2 月 22 日，在郭云青、黄开礼、柯柏森、曾沂春等同志的领导下，组成农民自卫军 300 多名，携带 200 多支长短枪和大刀长矛，在和舍墟举行武装暴动。武装暴动队伍在和舍墟巡逻放哨，维持治安，坚持数天之久。1933 年农历五月十八日郭云青于儋县不幸被捕，被押到琼山县府城陈汉光旅部监狱。后又被解送到国民党海南绥靖公署监狱。1933 年农历 6 月二十日，郭云青被国民党海南绥靖公署杀害，英勇就义。

黄开礼传略

黄开礼（1899—1928年），男，临高县和舍镇和舍墟人。出生于一个比较富裕的家庭。1916—1920年在府城琼崖中学读书。受到"五·四"运动的影响，思想倾向革命。1924年，任和舍小学校长，因受土豪赖鸿富的排斥和打击，气愤地辞去校长职务，创办一所平民小学校，亲任校长，自费聘请乡人林瀛海当教师，学童免费入学。1926年，郭云青从广州回乡后，秘密进行革命活动。此时，共产党员冯平、冯道南先后来和舍开展工作，黄开礼同他们多次接触，深受影响。1927年2月，黄开礼参加临高县农民运动训练所学习。当年，由柯柏森介绍，参加了中国共产党。并任和舍乡农民协会委员。他白天上课，晚上做农运工作，发动贫苦农民加入农会。1927年5月，黄开礼出任中共和舍区委书记，偕同郭云青参加了中共琼崖特委冯平在新盈港召开的中共临高支部紧急会议。会后，他俩回和舍区，筹集枪支，扩大革命武装。

1927年11月16日至19日，在澄迈县下岑村附近，冯平召集了澄、临、儋3个县领导骨干会议，在会上正式宣布成立琼崖工农革命军西路指挥部，冯平任总指挥，冯道南、黄开礼、黄善藩、刘青云担任副总指挥。

当时和舍区农会仅有200支枪，好枪都掌握在地主手里。和舍团董赖鸿业，横行乡里，经常辱骂共产党。为了惩办地头蛇，1928年2月19日下午6点钟，黄开礼通过别人"邀请"赖鸿业到黄不昌饭馆喝酒，赖鸿业一踏进门槛，就被埋伏在屋内的农军击毙。2月22日，黄开礼、郭云青、林桂芬等在和舍高级小学召开了农民大会，举行武装暴动。参加暴动的人佩带红袖章，名为献红，并签自己的名字，表示决心跟共产党干革命。有30多名地主也加入暴动队伍，但不敢献红和签名，交出枪支就溜走了。农会将带来参加暴动的枪支收集起来武装农民自卫军。是日，300余名自卫军，全副武装到街头游行示威，黄开礼把家里的粮食，全部供应自卫军。

暴动后的第五天，国民党叶肇部从海口派兵来和舍"围剿"农军，黄开礼与郭云青决定分二路突围，东路军由邱开封带领，南路军由黄开礼、郭云青带领。黄开礼带一部分红军（1928年2月工农革命军改为工农红军）撤到石平村附近，途中与敌军相遇激战，红军伤亡过大，指挥员黄开礼被捕，国民党军在和舍墟用木棍把他打死，牺牲时年仅29岁。

符彬传略

符彬（1904—1940年），临高县调楼镇前南村人。1925年，他在昌黎私塾读书时，阅读了一些革命书籍，看到孙中山遗嘱中有"革命尚未成功，同志乃须努力"的语句，受到启发，立下誓愿：毕生献给革命，为建立一个新中国而奋斗到底。

1927年7月，符彬在东英乡参加中国共产党，任该乡党支部副书记。临高县农民自卫军（后改为讨逆军）第二支队成立后，符彬任党支书。1927年7月间在冯平和王超的领导下，该队同全县的农民自卫军数百人，攻入临高城，三天后撤退。同年10月，他们配合友军攻打儋县县城新州，后转战回临高皇桐地区，与符宗儒配合，先后攻打抱桂村团董郑其贤等据点，并在和正村与国民党军队展开激战。1928—1929年，又与国民党龙波乡长赖鸿富等继续斗争，经常在福山地区开展革命活动。

1929年冬，革命低潮，本县共产党主要领导人王超赴澳门，符彬往马来来。1931年冬，符彬返回临高，隐蔽于家乡。1935年，琼崖特委派冯安全来临高和符彬取得联系，并在前南村开展工作，符彬任前南村党支部书记。局面打开后，革命形势蓬勃发展，符彬寄信给远在广州的战友符英华，请他重返家乡。符英华接信后，于1936年冬返回临高，符彬介绍他重新入党。

1937年，符彬任临北区委副书记；1939年任临西区委书记。1940年6月，不幸被伪军王恩真部逮捕杀害，时年36岁。

谢明义传略

谢明义（1894—1933年），男，又名正廷，临高县南宝镇南朝村人。出生于贫穷的农民家庭，是临高县早期农民武装斗争的领导人之一。1926年冬，他参加了中国共产党。与符会运、符宗仁成立中共南宝区委员会。1927年4月23日，党支部及农训所全体成员撤离县城到新盈。5月8日，谢明义等30余名共产党员齐集新盈地区，在冯平、王超、冯道南主持下，召开了紧急会议。决定分头回到家乡去，把乡农会和农民自卫队掌握在自己手里，继续斗争。谢明义善书法，精于雕刻，回到家乡南朝小学，以教书为掩护，从事革命活动。他白天上课，晚上在村外野林召开秘密会议。因为不敢点灯，只好捕捉萤火虫，装在纱袋里，借微弱亮光记录，工作极端艰苦。

1928年2月25日，谢明义和符会运、符宗仁组织280多名农民自卫军，举行武装暴动，攻打南宝墟，打死了陈大志的走狗陈关球和李玉高。

1929年3月，澄临边区县委在澄临交界的白娘山成立，冯白驹当选为县委书记，冯道南、王文宇等5人为常委。王宝书、谢明义等21位为委员，谢明义兼任边区赤卫队大队长。1930年2月，他与李春茂领导武维、谭力、雅化等乡赤卫队员200余人，配合红二团1个排，攻打抱桂村团董郑其贤据点。1929年8月，谢明义任临高县苏维埃政府筹备委员会主席。

1931年初，谢明义到波莲与南宝交界的社蛮村及山灵村，以教书为名作掩护，开展革命活动。1932年10月，由于叛徒出卖，国民党派兵到社蛮村抓谢，当时谢明义正在雕刻，急中持刻刀与敌人搏斗，后被捕。谢明义在临高监狱3个月，坚贞不屈，视死如归，严守党的机密。赴刑场时，他神态自若，慷慨激昂地向群众宣传，号召群众起来跟共产党闹革命。临刑时高呼"中国共产党万岁！"等口号。牺牲时39岁。

现代精英

陈苏厚传略

陈苏厚（1936—2020年），男，临高县南宝镇松梅村人。大专学历，农业经济师。

陈苏厚7岁丧父，靠母抚育成长。由于家境贫寒，仅读完初中一年级就辍学回家务农。1954年参加工作，1956年加入中国共产党。历任乡文书，乡团委书记，管理区书记，公社党委副书记、书记，共青团临高县委书记，临高县委常委，革委会副主任，县委副书记、书记，临高县人民武装部第一政委。从1982年起任海南行政区党委常委、政府负责人；1988年起任海南省环保厅厅长，省农垦总局局长、党委书记；1990年起任海南省副省长；1997年任省人大常委会副主任。1995年，国务院副总经理田纪云在陈苏厚著的《海南特区农业发展认识与实践》一书的序言中指出："陈苏厚同志多年从事农村经济工作，是从最基层锻炼成长起来的省级领导干部。"

陈苏厚长期从事农村工作，热心于研究农村、农业和农民问题，为海南农村经济的发展竭心尽力，有许多创造性举措，深受人民称赞。

在农田水利基础设施建设方面，陈苏厚提出"水利不兴则农业不上""发展水利基础产业是特区经济发展的战略任务""三分建七分管，建管并重"的方针。在改造中低产田方面，他提出要"山、水、田、林、路综合开发，全面整治"。在耕作制度改革方面，他提出"稻稻菜或稻稻花、稻花菜"。在产业结构调整方面，他提出要"发挥海南热带资源优势，发展人无我有，人有我早的热带高效农业""大力开发冬季农业，把发展冬季瓜菜当作重要一造来抓""把发展高效农业和巩固提高传统农业结合起来""山区农民种橡胶也能脱贫致富"。在培育市场体系方面，提出"以加工运销为中心，围绕市场，组织生产""一手抓流通、一手抓生产，生产流通一起抓"。在海洋开发方面，提出"开发海洋产业，再造海上海南""利用海滩资源建立商品生产基地"。在发展林业方面提出"利用热带森林资源，发展旅游观光林业""绿化宝岛，造福千秋""要在海南建立全国最大的南繁育种基地"。特别是陈苏厚提任副省长主管农业7年期间，履行职责，着力"五抓"，突出"两改"。"五抓"是：抓水利建设，改善生产条件；抓流通，开发商品生产基地；抓政策落实，调动农民积极性；抓扶贫开发和老区建设，打好扶贫攻坚战；抓场乡关系，搞好护林保胶，维护农场生产秩序。突出"两改"是：改变工作作风，深入基层调查研究；改进领导方法，运用典型指导工作。通过以上一系列战略决策和发展特色农业的路子，使海南农业生产获得持续、快速、健康的发展。在"八五"规划期间，全省农业增加值年均递增10.8%，农业持续5年保持两位数增长。粮食产量创历史最好水平，农民吃饭问题基本解决，冬季瓜果菜成为农村经济的半壁江山，种植面积为150万亩。全省水产和乡镇企业总产值都比1990年翻一番以上，提前5年完成基本消灭宜林荒山任务，森林覆盖率达48.7%。海南省被党中央、国务院授予"实现荒山造林绿化规划省"的光荣称号。

海南省在农田水利基本建设方面也取得辉煌的成就。他亲自领导和指挥实施，完成联合国世界粮食计划署援粮项目"2719"项目工程，使松涛东灌区15万亩耕地得到治理开发、5市县17个贫困乡镇农业用水问题得到解决。"2719"项目工程被联合国世界粮食计划署项目官员评价为"农业基础设施建设的榜样工程"，被项目区的农民称赞为"为民造福工程"，被省里评为科技二等奖。从1990年起，全省每年都组织群众性的大规模的冬修水利活动，每年都深入调查，筛选出潜力大、见效快、集中连片的水利工程为省重点项目工程，由陈苏厚亲自抓，连续4年抓"9024""9122""9223""9326"等95宗重点工程，坚持高标准、高质量，搞好一宗，验收一宗，发挥效益一宗。这些项目竣工验收后都达到水相通、沟相连、田成方、路成网、林成行，不但通水、通路、通车，而且在渠道边种上草皮和护渠林，从而推动了全省的水利建设。据统计，"八五"期间，全省共完成新建蓄水工程25宗、水库除险加固工程288宗、江海堤围除险加固190公里，新开挖和加固渠道2490公里。特别是实施二期农业综合开发项目，改造中低产田面积 250 万亩，高标准防渗渠道 1537 公里，增加灌溉面积 156 万亩，增加旱涝保收面积 98 万亩。如文昌市白石溪 52 公里的南水北调水利工程，三亚市岭落水库、赤田中型水库、提孟引水入库工程，临高县 5 公里倒虹吸管、4000 米的美灵隧洞、松涛主干那大分干的修复，东方的温村水库，儋州的振兴渡槽、雅壁渡槽，澄迈的促绩水库修复等等，对改善贫困缺水地区的生产条件，增强农业发展后劲起了很大作用，为全省农业全面增产打下了基础。1993 年国务院副总理田纪云视察海南时给予高度评价："全省重点水利工程都达到高标准。"国家水利部、国家农业综合开发办公室主要领导的评价是：水利渠道防渗全国一流的质量标准。国家农业综合开发办公室还组织全国各省市农综办领导在海南召开会议，进行参观学习。

实践证明，陈苏厚提出的"水利不兴则农业不上"的观点是正确的。陈苏厚带领人民兴修水利，造福于民的许多事例给海南人民留下深刻的印象。

陈苏厚牢记了共产党员要全心全意为人民服务的宗旨，平易近人，联系群众，热爱祖国，热爱人民，热爱家乡，注重调查，崇尚唯实，不讲空话、不图虚名是他的一贯作风；心系农民，恪尽职守是他做官的基本要求；堂堂正正做人，踏踏实实做事是他做人的行为准则。他坚持原则，敢于直言相谏。为了海南农业发展，为了贫困地区的脱贫致富，为了水利建设和水资源林的保护，为了保护农民利益，为了农民承包土地等权益不被侵害……他敢讲、敢做、敢坚持原则，为农民讲公道话、鸣不平，农民喜欢他。

"安逸闲居非吾志，勤奋为民是身谋"成为他的座右铭。陈苏厚任海南省农垦总局局长以及副省长期间，坚持每年平均下乡调查研究达 90 天以上。全省 306 个乡镇、94 个国营农场以及中型以上水利和重点主干渠道都有他的足迹。

为了解决贫困地区和老区的水、电、路等基础设施的实际困难问题，陈苏厚带领有关部门三至王下、七下七差以及五指山、三道、大里、梅山、南开、咸来等 20 多个乡镇调查后，从各方面投入资金 3.6 亿元为老区修建山塘水库 188 宗、大小道路 4900 条、饮水工程 4070 宗，基本解决 4883 个老区村庄的人畜饮水困难问题。

陈苏厚 1997 年到省人大常委会任副主任后，为了保护农民合法权益，纠正基层干部以权代法、违法行政损害人民利益等问题，他依法护民，殚精竭虑。如海南最大毁林大案、乐东一副镇长把良民当村霸、乐东县动用警力围剿东孔村、崖城镇领导违法征地摧毁民房、万宁市占用农民土地赔偿款 600 万元、临高县马枭乡农民土地款2800万元被贪污占用等，陈苏厚都深入现场调查研究，向领导献言献策，与有关部门协调查处。

为了规范农村土地管理，2000年秋，省人大常委会组织全省《土地法》执法检查。陈苏厚亲自带队到各有关市县检查，发现全省对外发包出租农村集体土地普遍违反民主原则，大面积、长期限、低地价地出租大片土地，甚至有的基层政府领导滥用职权，越俎代庖地发包农村集体土地，动用公安干警非法拘禁农民，强行收回农民承包地对外发包等，引起农民的不满。据统计，截至2000年底，全省农业开发用地面积为221万亩，其中对外发包和出租、开发农业用地163万亩，占整个农业开发用地的74%。2000年9月25日，陈苏厚代表检查组将执法检查情况向省第二届人大常委会第16次会议报告。根据人大常委会委员们的审议意见，陈苏厚和省人大农工委、省政府有关部门领导一起，用了一年时间，分别到19个市县对42宗重点土地违法案件（其中万亩以上8宗）进行跟踪督办整改工作。如澄迈县美亭乡出租500亩集体土地诈骗案；儋州市属南辰农场土地13000亩，未经资源评估和上级批准就与轻骑集团兼并，轻骑集团未投入分文资金就接管了南辰农场的案件；东方市政府领导违法发包小岭村8000亩土地又非法拘禁上访农民的案件；儋州市东成乡主要领导滥用职权，由乡政府直接发包8000亩农村集体土地给某公司种植水果，用拖拉机毁农民的竹子和林木，侵犯抱舍村村民的合法权益，并非法动用公安干警拘禁一家村民八口人案件；儋州市公安部门动用几十名干警包围海头镇老市村民等等案件。陈苏厚都深入现场调查督办，使全省42宗重点案件已解决38宗，基本解决的4宗。全省对农业用地进行全面清理，完善手续。违法批地情况有所减少，农民合法权益得到了保护。各级人民法院对于6宗判决明显不公的土地合同纠纷案也进行认真整改，其中2宗案再审依法做出公正判决，3宗由省中级人民法院认定合同无效发回重审。临高县古春村村民告县政府的130亩土地侵权案，经过一审、重审、二审、立案再审，历经5年，最后省中级人民法院做出了公正判决，该村村民胜诉，县政府赔偿土地款20万元给该村村民。澄迈县合福村干部未经村民讨论，把合福村2000亩土地（实际丈量面积1万亩）对外发包，年亩地租6分钱。该案一审判合同无效、村民胜诉，二审草率判决合同有效又驳回农民申诉立案再审的请求显失公正。经陈苏厚派人现场调查，亲自主持召开由省人大监督室、农工委、中级人民法院领导、主管法官及法律专家参加的案件评析会，经省中级人民法院立案再审后，认定合同无效，给合福村民讨回了公道。

陈苏厚原文化水平不高，是海南产的"土干部"，但他自幼勤奋好学，长大后更加自学苦读，便有了真才实学。他在实践中边学边干，古人今人的好书他都读，后来又到中央党校学习2年，文化水平得到进一步的提高。陈苏厚曾在各种报刊发表论文、调查报告近百篇，著有《海南特区农业发展认识与实践》《村野集》《我与农民》《未泯集》《忘老集》等5本专著，近百万字。特别是《我与农民》专著博得广大读者和人民群众的好评。省内外许多读者都给他寄贺信和读后感，评述这本书是热血之作、肺腑之言。《我与农民》书中的《我也是农民》《民可近不可下》《忧民方可为民》《勿忘民以食为天》《欲求民富，必先治官》《民告官不能官官相护》《农民犯法还是干部违法》，以及《未泯集》一书中的《失去人民权力必丢》《岂能把良民当村霸？》《施政大计，在结民心》《登门道歉慰民心》《立德做人，大业之始》等短文，被读者评为掷地有声的文章，如同匕首，是为老百姓鸣不平的好文章。读者孟允安读后很感动，写了一副对联送他，联曰："问寒送暖，系百万贫困庶民，建琼功业，指山能数？疾恶亲朋，显一身英雄胆略，驱子刚松，南苑仰之。"

进亦有为，退亦有为。2003年，陈苏厚虽然年老离任，但诚心不变，迸发余热。他乐意在有限时光里，为家乡和父老乡亲发展热带高效农业、修建乡村公路、建设生态文明村，尽余心、献余热。他身不在位，仍心怀百姓。正如在他退休前夕出版的《未泯集》中的自勉诗云："新陈代谢古今然，乐于逊位度晚年；余热未泯不觉老，壮心犹如怀故园。"

陈苏厚夫人庞兰荣，临高县南宝镇人，1970年参加工作，1984年参加中国共产党，1991年任海南省民政厅财会组组长（主任科员）、工会副主席（副处级），1994年任海南省民政厅计财处处长。

符志行传略

符志行（1919—2013 年），学名清劲，男，汉族，1919 年出生，临高县人，中共党员，中国人民空军高级领导干部。

府城岭南大学分校毕业，后进入广州岭南大学学习，中途退学，转入广东农专。在此期间，加入党的外围组织——读书会，随后又加入广东青年抗日先锋队。1938 年秋，由廖承志（当时为广东青年抗日先锋队总队长）介绍回海南参加工作。

1939 年，符志行任琼崖独立总队第三分队政工队长，发动当地群众支援我军围攻那大日寇的战斗。攻克那大后，琼崖特委指派他参加大南区抗日根据地的开辟工作。1940 年秋，任大南区委书记。因工作需要，他动员母亲李华生出来担任交通站站长（后来被国民党杀害）；美合事变后，根据琼崖特委的指示，动员父亲符正气担任后方医院院长，并献出家中所有药品和医疗用品，以收治从美合撤退的 200 多名伤病员。同时协助大南区委负责安置从抗日公学出来的妇女、儿童学员；为总部安排营地和筹备向东路转移所需的粮食。从此，全家都参加革命，两个弟弟到部队做公务员。

1942 年 4 月，调任琼崖抗日独立总队第四支队第二大队大队长。抗日战争期间，他英勇果断、临危不惧、屡建奇功（荣获抗日特别奖章），令当时的侵琼日军胆战心惊，谈符色变，以致在抗日战争已过去了几十年后，他的威名仍深深地印在曾当过侵琼日军的日本人脑海里。1971 年他率领中国乒乓球代表团参加世界乒乓球锦标赛期间，有一位 70 多岁的日本老人忽然找到驻地，当面问他是不是当年海南的符志行。

抗日战争胜利后，调任临高县副县长兼武装部部长。1946 年 6 月，调任松江支队长，在琼山、文昌等地活动。1947 年秋，任第三总队副总队长，参加对国民党反动派的一系列战斗。

1949 年初，调到中国人民解放军粤桂边纵队任第四支队司令员，整训合（浦）灵（山）等地行动的部队，负责指挥打开合灵局面，打通高雷、十万大山地区的一系列战斗行动。之后又担任中国人民解放军粤桂边纵队高雷前线总指挥，负责歼灭湛江外围守敌、进攻湛江和解放雷州半岛的任务，湛江解放后，历任湛江市警备副司令员、司令员。

1950 年 12 月，任中南军区暂编四团（加强团）团长，带领 3600 多人赴朝鲜参战。1952 年夏，进入防空学校军官深造班学习特种兵技术。1955 年秋，毕业后分配到高级防空学校当系主任。1959 年秋，到西北空军技术学院学习，兼导弹指挥员、班主任。1962 年毕业，调回北京任空军第二高级专科学校训练部部长。

1967 年 7 月，奉命到国家体委实施军管。后任国家体委副主任，并当周恩来总理的联络员。在此期间，奉命担任国家体育代表团团长，带队到欧洲、非洲各国进行友好访问。1971 年 4 月，任国家体委乒乓球代表团政委兼党组书记（对外为副团长），到日本名古屋参加第 31 届乒乓球锦标赛。赛后，到日本各地进行友好访问。

1976 年 7 月，任空军第一军副参谋长（副军级）。

符志行同志爱好广泛，对书画更感兴趣。离休后，曾在北京海淀区老龄大学、北京大学老龄学院学习绘画、书法、篆刻和装裱。平时喜欢读书、摄影、园艺，烹调也成为其日常生活中的一部分内容。深居简出，乐在其中。有《剑花》《征途》等著作出版。

王纲传略

王纲（1909—1992年），男，原名正路，号耐辛。临高县美良龙田村人。8岁入私塾，民国十三年（1924年）在临高县城中山小学读书。其时恰逢国共两党合作，于时代的熏陶下，萌发了新民主革命思想。民国十五年（1926年）当选为临高县学生联谊会成员，经常跟随共产党人冯平、林日华等深入农村宣传破除迷信，反对土豪劣绅等活动，受到时任国民党临高县党部负责人王超（共产党员）的赏识，被调入县农民协会当干事。1927年自学考上广州教忠中学。第二年考进广东省立第一师范学校（原江村师范学校）。

民国二十年（1931年）师范学校毕业后被派到清远县当小学教师。1932年又自学考上广州南越大学，由于经济困难，仅学习一年被迫停学。1933年转回到家乡，接受临高县乡村师范学校校长王良弼的邀请，在附属小学教国文。他大力提倡现代白话文体，推行国语拼音教学，开创临高县用拼音字母结合汉字教学的先例。1937年至1938年间转任加来第三高级小学和县立第二高级小学教员。日寇侵占海南时，临高县城居民进行疏散，学校被迫停办。王纲一生热爱教育事业，坚持在美台抱瑞村从教，学生有来自全县各地的100多人。

日寇投降后，民国三十五年（1946年）他到临高简易师范学校当专职教师，直至海南解放。

1950年4月，王纲老师到府城参加海南军政委员会文教处举办的"海南暑期学习团"，而后，被临高县委、县政府任命为临高简易师范学校校长（后由时任海南行政公署主任肖焕辉颁发任命书。）

1952年，临高简易师范学校更名为临高县初级师范学校，1954年与临高县第三初级中学合办，两块牌子一套班子，王纲出任校长。1956年9月，经广东省教育厅批准，临高初级师范学校升格为广东临高师范学校（中师），仍与临高县第三初级中学合办。王纲继续担任该校校长至1957年。1958年，广东省教育厅批准临高县第三初级中学升格为完全中学，改名为临高中学，由王纲担任校长。在王纲校长的带领下，临高中学的各项工作逐步跃居海南各县的前列。

1962年，我国著名诗人、戏剧家田汉先生到临高县考察，王纲校长与田老彼此酬吟、唱和，成为诗友。1963年被评为广东省先进教育工作者，出席省先进工作者代表大会。1964年至1965年间，王纲校长为了改善学校环境，增加生源，他带领全校师生在政府部门仅拨款1万元的情况下，通过勤工俭学、自己动手的方法，建成临中建校史上第一座两层八间教室的教学楼，受到广大群众的赞扬。

"文化大革命"期间，他受到迫害，被遣送回老家劳动。1969年8月返校当教师，1981年恢复校长职务，1982年退居二线，任名誉校长。

王纲校长一生热爱党，热爱祖国，热爱人民。他从事教育几十年，为党的教育事业辛勤耕耘，桃李满天下，不愧为临江（文澜江）一代师表。党和人民给予他莫大的关怀和爱护，晚年加入了中国共产党。他多次被评为省、地、县先进教育工作者，连续三届当选为县人民代表大会代表，1981年当选为临高县政协副主席。

王纲因病于1992年7月23日逝世，终年83岁。

其子女均自立自强，家庭美满幸福。

王兴明传略

王兴明（1895—1981年），男，原名显金，又名景伦，临高县波莲镇美珠村人。他相貌清秀，生性聪慧，被龙波墟琼剧武生孙发茂收为弟子，教以琼剧、粤剧唱腔，以及台步、摔架、蹬马等武生基本功。民国元年（1912年），孙发茂介绍他给琼剧名伶吴长生为弟子（吴和孙均以表演关王戏著名），王兴明在吴长生的带教下，技艺大进。民国四年（1915年），吴长生又介绍他给鸡蛋班为南派武生，民国七年至八年（1918-1919年），被文焕班聘为小武；民国十年至十四年（1921-1925年）参加十四班公司班，到南洋演出；民国十六年（1927年），被十五仔班聘为武生；民国十七年（1928年），在南洋被著名花旦陈雪燕看中，聘为武生；民国十九年（1930年），在南洋加入建悦班演出；民国二十三年（1934年）秋，参加郑长和的琼雪梅班，跟该班再次出国演出。先后到新加坡、曼谷、金边、西贡、海防等地演出。因其技艺出类拔萃，扮相英俊，华侨称他为"靓兴明"。

1937年"七七"事变时，他正在新加坡，与花旦陈雪燕相遇，陈雪燕旧情未断，愿与王兴明结为伴侣，共同执掌戏班。他因离家日久，决意回国，遂向雪燕婉言谢绝。民国二十七年（1938年）仲夏，他到曼谷，被泰国一大班主看中，多次设宴招待，聘请他入班，结果被他以回国探亲为由拒绝了。他回国后，旋即被聘请到郑长和班。海南沦陷期间，临高县日本汉奸林桂森、郑其贤请他出来组建剧团，他以体弱多病为由，予以拒绝。日本投降后，他在府海、琼文一带参加各琼剧班演出。

中华人民共和国成立后，他在海口琼和剧团演戏。1953年，屯昌县南强剧团聘他为武打师傅。1954年，他与毛富昌（新盈人）发起组织琼剧团，得到县人民政府的支持，成立了临高县艺新剧团，从万宁剧团招聘名旦冯爱莲、小生林树政。剧团每次演出，都受观众赞扬。1956年，担任艺新剧团艺术团长。1958年，被吸收为中国戏剧家协会广东省分会会员；多次出席县劳模会、先代会。1962年，戏剧家田汉来临高考察，提出要发掘传统剧目。他潜心研究，整理出《樊梨花点兵》、《杨金花夺帅印》等传统剧目。1965年，任海南艺人福利委员会副主任。

"文化大革命"期间，他被迫离开剧团，回家闲居。粉碎"四人帮"反革命集团后，他年逾八旬，还向县委和文化部门请求，为重建临高琼剧团而贡献余热。1977-1978年，他不辞劳苦到海南各地物色演员，并亲自带徒授艺，言传身教，不遗余力。1979年，因病住院。出院后，被海南文化局聘为琼剧传统艺术顾问。他耐心指导学员练基本功。1981年1月16日病逝，终年86岁。

王延青传略

　　王延青（1906—1992 年），男，汉族，乳名大松，学名国昌，又改为王松，参加新四军后用今名，其父亲王美生，12 岁时从临高县美良地区博贤村卖到儋州那大镇给王庭春抚养，后来跟当地姑娘林月娇结婚，生下王大松（延青）。1985 年夏，时任广西师范大学教授的王延青回访临高，寻宗溯源，旧地重游。时任临高县政协主席陈大同，临高中学名誉校长王纲，陪同他到博贤村寻宗溯祖。

　　王延青 3 岁即丧父，生活极其凄楚。父亲逝世前夕，曾给母亲林月娇留下"千万要送大松上学读书"的遗训。林月娇牢记丈夫的遗训，生活再苦也坚持让孩子念书。王松七岁时，曾读过两所私塾。辛亥革命后，王松在那大镇第一高等小学读书。先后读了《古文观止》、《史记菁华》、《左传》、《唐诗》、《东莱博议》等等，打下了较好的国学基础。

　　1924 年，王松考上了海南公学，1925 年转学到广州中学就读。王松在广州读过中国共产党机关报《向导周刊》，工人运动机关报《劳动周刊》，青年运动机关报《中国青年》等等。因此，他的思想解放了，眼界开阔了，除读好正课外，还积极参加各种革命活动。

　　1927 年"四·一二"反革命政变后，共产党员纪幕天老师介绍他到上海大学读书。上海房贵居不易，王松转到南京"五州公学"，后又转读钟英中学。1929 年初秋，回上海进入"中国公学"（大学制），和现代著名历史学家吴晗同班。"九一八"事件发生后，王松参加上海学生第一次向南京国民党政府请愿，要求抗日救国。1933 年春，由蒲凤同志介绍，王松参加了左联——左翼诗歌研究会。

　　1933 年秋，王松大学毕业了，困守家园，蹉跎了三度春秋。1937 年，他应聘省立南京女子中学高中国文教员，旋即被解聘，原因是他参加过左联。后来他报考了救护伤员工作培训班，录取后集训一个月，被派到一个军队医院学习。军队医院从镇江搬到衡阳。王延青担任工作人员第一组小组长。国民党特务认为他在大城市搞过文教工作，想摸清他是不是共产党员，对他盯梢很紧。我地下党组织也许对王松的历史和表现了解清楚了，决定他离开衡阳到长沙去。按照约定，王松到长沙十八集团军办事处报到。黄凌波主任接见他，并介绍他和徐特立同志认识。在长沙逗留一个多星期，后来到平江县嘉义镇受训。一个多月后训练结束，他同救亡工作队的同志，一道到陈毅同志领导的新四军工作，从此改名为王延青。

王延青到新四军后编入战地服务团第二大队。1938年1月，军部决定抽调小部分精通日语的队员到战斗队去作劝降日军的工作。王延青幸运地到江南前哨去接受激烈的战斗考验。王延青被安排在第一支队（后改编为纵队）一团二营当政治教官，任务是：上政治课、文化课，教唱歌，还要教战士学日语，以便作劝降日军的工作。后来，组织把王延青从二营调回政治训练班主持工作。王延青战斗非常勇敢。在一次战斗中，王延青为维护战友的安全身负重伤。为了抢救他的生命，陈毅司令员经过深思熟虑后，决定在他左手肘下截肢。夜晚，陈副官、孙铁流、陈模等同志护卫王延青到独龙庙去进行手术。手术后，陈毅司令员还来到独龙庙看望王延青。后来美国著名作家史沫特莱还慕名前来采访过王延青。史沫特莱与王延青攀谈了两个多小时后，请护士长把王延青扶起来，拍了几个镜头，准备向国外报道新四军在江南敌后艰苦抗战的英勇事迹。

解放战争时期，组织安排王延青随军工作，搞文艺宣传。编戏剧，写小说，活动在苏北一带。他从拿枪到拿笔，从前线到后方，先后写过《向敌人心脏挺进》、《关门打狗》等书。

"一唱雄鸡天下白"，全国解放了。1949年，党组织安排他到上海暨南大学当负责人。1950—1952年，在燕京大学、北京大学当教授，还到过教育部工作。1953年调到（广东）华南师范学院当副院长。1958年调到广西师范学院当党委书记兼院长，把下半生的精力，从事栽培挑李。

王造境传略

王造境（1919—1997年），男，汉族，临高县波莲镇美珠村人。

1939年至1950年间，曾任美珠村党支部书记、区委委员、区委书记、县委干事、县委秘书、科长、区长，县委委员、常委、琼府民政科员，县中队指导员、大队政训员。

1950年至1973年，曾任临高县县委常委、副书记、代理第一书记、县委书记（县委时设第一书记）、县长（1965年兼临高县民兵师师长。）

1974年3月，调往昌江县任县委常委、县革委会副主任。

1979年4月，调任海南建设银行行长，又任党组书记，直至离休。

刘和贵传略

刘和贵（1910—1974年），男，临高人偶戏演员，工小生。乳名那圣，临高县波莲镇和绵村人。出生农家，九岁私塾，读了三年诗书，后因家贫失学，到美鳌村舅父家牧牛。他秉性聪慧，生性乐观好动，整日又唱又跳，特别是爱唱民歌，看过戏班演出之后爱上了"啊罗哈"，放牛时，喜在牛背上或草地上唱几段，自娱自乐。民国十二年（1923年），被班主雷华看中，带入戏班学唱小生，因其勤奋好学，不几年，技艺大进，被观众称为"小小生"。后与正旦刘教英同台搭演，更是相得益彰，成为艺坛上的一对妇孺皆知的"金童玉女"。民国二十七年（1938年），因社会动乱，戏班停演，雷华班也因没戏演而无法维持，宣告解散，刘和贵只得回家务农。不久，刘和贵欲重新组班演戏，得知与他合作多年的刘教英被卖到那大镇万发公司某职员为妻，心中不忍，步行几十里到那大镇当工人，设法接近刘教英，谎称兄妹。刘教英也因留恋他俩搭演的时日，不数日，拿钱赎身，重返家乡组班演戏，二人又重新活跃在人偶戏艺坛上。中华人民共和国成立后，县政府组建临高县第一个职业木偶剧团——木艺剧团，刘和贵被任命为团长兼主演，继续活跃在舞台上。

刘和贵嗓音佳、音质亮，唱腔流畅悠扬，韵味浓厚，吐字精确清晰，行腔运调缜密绵延，富有弹性，往往令听者回肠九曲。他记忆力强，凡上演过的二百多出剧目均能熟记，因有文化，熟悉历史掌故颇多，故能随唱随编。他名气虽大，但仍虚怀若谷，常向同行讨教。每到一地演出，喜走门串巷，与人交谈，并抄录了不少典故和诗联，并熟记于心。演出时，常能随机应变，贴切地运用典故和诗联，使剧情或人物赋予新意。如在《海瑞被囚水牢》剧中，他列举历代忠臣受难，为官清廉，爱民等掌故，一连数百句唱词不重复，使人百听不厌，且获益颇多。较拿手的剧目有《海瑞被囚水牢》、《樊犁花》、《拜寒江》、《潘葛祭妻》、《薛丁山征西》、《李旦下淮》、《武王伐纣》、《纣王化身》、《王其青进园》等几十出。他饰演的薛仁贵、薛丁山、狄青、海瑞等角色，最为出色，观众传颂不衰。

刘教英传略

　　刘教英（1911—1981 年），临高人偶戏女演员，工旦行。乳名不教，临高县皇桐镇和伍村人。自幼爱看人偶戏，爱唱人偶戏。十二岁时入雷华班学唱旦行戏，与刘和贵配演，很快崭露头角，为观众赏识。没多久，她和刘和贵成为人偶戏艺坛上一对深受群众喜爱的"金童玉女"式的最佳搭档。后因社会动乱，民生无着，戏班也停演，刘教英嫁到和舍镇先光村，因与丈夫感情不合，被卖给那大镇万发公司某职员为妻。但生活仍不尽人意。不久，刘和贵从家乡来寻她，而她一直留恋戏班，不数日，毅然决定拿钱赎身，与刘和贵同返临高，组班演戏。中华人民共和国成立后，在木艺剧团担纲主演。1958 年，她被派往广州学习期间，学习掌握了不少木偶操纵表演技艺。返回临高后，带领剧团同仁对偶像进行改造，不仅加大了偶像的头部，且偶像更为生动，面貌一新。此外，还将由操纵木偶的双手改服装内为服装外。使木偶表演更具灵活性和更有利于表演舞蹈性。

　　刘教英戏路较广，文、武旦皆能。口齿伶俐、吐字清晰，唱腔清脆亮丽，优美动听，扣人心弦，且能随编随唱。如在《拜寒江》中饰演樊梨花，与薛丁山（刘和贵饰）对唱一个多小时，唱词通俗易懂，意切情真，腔调优雅、圆润、流畅、唱到动情之处，声泪俱下，观众无不唏嘘叹息。台步优美，婀娜，功架稳健、娴熟，表演武中带文，刚柔相济，形神兼备，故而深受观众喜爱。生平出演的剧目颇多，拿手剧和角色有《穆桂英》中的穆桂英，《木兰从军》中的花木兰，《昭君出塞》中的王昭君，《邓怀玉下山》中的邓怀玉，《拜寒江》中的樊梨花等。

许桂义传略

许桂义，男，族谱派名许光月，1884年甲申岁农历九月廿三日生，1982年农历四月初三日逝世。籍居临高县奇地村，世代以农为生。他十一岁失母，二十三岁丧父。他和大哥、二姐担纲家庭，携养两个年少的弟弟，过着苦难寒酸的日子。为了糊口，他的弟弟许桂忠时年二十五岁到美夏村当雇工，在白天帮人看守番薯地时被盗徒杀害灭尸。桂义成家后，与妻子恩爱和谐，同甘共苦，养育着五儿一女。1936年秋，临高境内霍乱病大流行。其妻子谢氏四十六岁、长子许有权二十岁、大哥许桂成同染上此病，在四天内三人相继逝世。这突如其来的人生灾难给桂义极大的精神打击。他忍耐痛苦，强撑着家庭，携带着几个年幼的子女摇渡苦海。由于家景日渐不支，他才忍心割爱，把三个年少的儿子送给别人当童工。他关爱孩子，用心教育，使几个子女都成为通情达理、自食其力的人。

桂义长着一副典型的憨厚相，身材魁梧壮实，身高约1.8米，为人诚实，和气可亲，心性刚直，纯朴善良。他处于国运不济的年代，饱受过人生的苦难，曾经得到好心人的同情、慰勉和帮助，使他日后更为深知世故人情，和睦乡邻，乐善好施。同时他历经磨难，造就了他能够吃苦耐劳、达观处世的品性。他热爱家乡，急公好义，乐于奉献。据他生前所述：民国壬申年（1932年），本村重建学堂，发动群众捐款。当时其妻子兼营酿酒业，家庭俭用有一点积攒。他们又志同道合，乐意倾囊慨捐，名列功德榜前，得到群众的称赞并传为佳话。他还和村中的有识之士聚首商谈创办私塾、聘请教师之事宜。

清末至民国时期，奇地村人盛行习武学医，村中历代相传着传统的武医术。据说当时被人请到各地设馆教徒的武术师全村有六十多人。桂义的祖父许兆岳、父亲许二正都熟知民间草药和推拿术。缘于家庭熏陶，桂义及其小弟桂志都已学得一些祖传医术。而桂义身处于遭难频仍的家庭，并亲历过因霍乱病夺去很多人性命之大难，使他益坚其志，学医习武。在年青时他跟随本村有名的武医师许大源、许二设等学艺。由于他悟性较高，虚心勤学，练就了一身好武功和学会许多医术。他崇尚武德，在设馆授艺时，经常对学徒说切莫仗武欺人，惹事作恶。他求医如饥似渴，如碰上游村巡医的草药医生，就主动诚恳地向他人请教，乞求一些偏方、验方。1953年，临高县政府在波莲区举办农村中兽医学习班。桂义去参加学习，被推选为副组长（陈诗南为组长）。他原有一定的医学基础，在学习交流中，虚心求教，取长补短，医术大有提高。学习期满后通过评选，许桂义和陈诗南都被临高县人民政府卫生院（1951年成立,1956年改为县人民医院）聘为中医生。但桂义自觉缺乏文化，不就其职，而自愿回家务农，业余行医，服务乡村。

他诊治过妇科、儿科、内科、外伤科病，尤擅长以按摩推拿术，结合草药敷炙或食用，治疗跌打损伤、骨折、关节脱位效果显著。凡医过此类病人，大多痊愈。如文潭村王明庚因遭受日本人残打，以致多处骨折生命垂危，经他抢救治疗后痊愈。本村的许家照、许雷荣，因被人殴打造成伤积严重，日渐虚弱无力，不能劳动生产。经桂义精心配药给他们内服，同时用草药烫擦患处，坚持了两个多月的治疗他们都得以康复。桂义悉心为病人着想，不管雨天黑夜，有病人来请即去，索药必给。某年腊月，昌拱村王亚轻修葺房顶，准备过年，因不慎跌落，以致髋关节挫裂脱位。其家人急来请医，桂义放下手中忙活，就拎上篓子和灯笼去野外采药。岁暮草木枯凋，采药困难，他还没采好药天色已黑，于是点亮灯笼继续采好药。他又连夜赶到病人家中，给王业轻治疗。王的家人深受感激，拿出一点压药头"利是钱"，塞入桂义的口袋，但他决意不收。王亚轻病愈后，连续几个春节，都带着儿子去桂义家认亲拜年。桂义诚意待人，谨慎处事，不随便领受病人的酬谢礼物。有一次，桂义到伴康村亲戚家做客，偶听到符德顺之子符亚献久病不愈（桂义曾经给符德顺治过病），就顺便登门去看亚献的病，诊断为伤寒，而后嘱符的家人跟随他回家取药。亚献病好后，他悉知桂义家庭生活困难，就挑来一担番薯到桂义家聊以报恩。刚好桂义家挖收芋头，于是桂义就捡些芋头和腌芋梗放在筐子里让亚献带回家，亚献看到他甚为情恳意切，又推却不得只好听从了。桂义善于治人病，也善于治牛病。某年夏，因天气炎热高温，波浪村谢道兰家的黄牛患急性肺炎，气喘严重，还有名山村谢庆英家的耕牛因劳动日晒而中署，经桂义用药后两牛都病好。

桂义一生义务行医70余年，涉足远近乡村，救人治牛数以千计，但从未收取劳资药费，使很多经他治愈的病人都感恩不尽，难以报答而与之认亲结友。在他逝世的那天，闻到讣讯的一些知恩人也前来哀悼。他慈善为怀，医德高尚，造福一方，被人们尊称为"三义医公"。

吴奇勋传略

吴奇勋（1914—1981年），男，原名宁万，别名吴芬，出生于临高县临城镇发豪村。学生时代受进步思想影响，向往革命。

民国二十四年（1935年），他在广州中山大学读书，广州各大中学校响应北平"一二·九"爱国运动，举行3次罢课游行示威，中大学生朱文畅惨遭杀害，造成"荔枝湾"惨案。吴奇勋当晚奋笔疾书，声讨国民党的罪行。民国二十五年（1936年），他参加党的秘密外围组织——中国共产主义联盟，民国二十七年（1938年），参加中国共产党。

民国二十七年农历八月（1938年10月），日军南侵，广州告急。年底，他同中共连阳三属特别支部陈风接上组织关系后，到阳山的小江墟、黎埠墟等地的小学教书，与共产党员梁天培等成立党支部，他当支部书记，进行抗日宣传，发展党的组织，吸收马秀居入党。民国二十八年（1939年）间，他参加粤北特委在连州主办的第一期党员骨干训练班学习。民国二十九年（1940年），参加粤北特委在清远县开办的县级干部训练班训练。民国三十年农历1月（1941年2月）训练结束，他被派回连阳中心县委工作，任副特派员兼宣传部长。连阳县地处粤湘桂边界，居五岭南隅，四面环山，传达布置工作，要越过敌人的封锁线，翻越畸田岭的青架山。每翻越一次，需时2天。山脚和山顶气温变化大，上山时穿单衣，到山顶则穿棉衣，而且常有虎豹出没。吴奇勋幸得当地百姓授予驱虎豹的口技，边走边吹口技，才免受虎豹的伤害。

民国三十年农历九月（1941年10月），组织安排他回中山大学复学。在校里与共产党员吴振乾、莫福枝、罗湘林、孔庆余等创办《堤上壁报》，揭露国民党反共阴谋，教育团结同学。民国三十二年（1943年），中大毕业后，与共产党员林西平、吴振乾、邓文礼到翁源县翁北中学教书，因支持学生罢课起风潮，同年冬被解聘，离开翁源。

民国三十三年（1944年），他在国民党主办的《柳州日报》工作，当时报社已建立了中共党组织，社长罗培元任党委书记，总编辑张深任组织部长，编辑主任吴奇勋任宣传部长。报社的领导权掌握在共产党员的手中。

民国三十三年（1944年）秋，日军侵入桂林，报社撤迁。这期间，吴奇勋写了《再不能拖延对奸伪的严惩了》、《再谈惩办战犯与国奸》、《临别赠言》等文章。民国三十四年农历十二月（1946年1月），他回到广州，与李海峰主办《学习知识》杂志。并成立了共产党支部，李海峰任党支部书记兼组织委员，负责发行工作；吴奇勋任宣传委员，负责编辑工作。由于国民党法西斯文化专制，《学习知识》被迫停刊。同年12月底，李嘉人（当时任华南分局委员兼秘书长）派吴奇勋和妻子叶林枫回海南。民国三十六年（1947年）初，他在临高简易师范学校教书。半年后，转回海口市《民国日报》社当电讯编辑主任。在《民国日报》4个月，边编电讯，边写文章揭露国民党罪行。他的《船上日记》，揭露国民党官场送礼贿赂的丑闻；《西路公路上的跳舞》，写公路坎坷不平，汽车在路上似跳舞颠簸，揭露公路局收人民的钱，不修路；《论厕所文章》揭露国民党包庇汉奸的卑劣行径。在报社电讯组里，他争取了工作人员何定南的协助，将发电讯权掌握在自己手中，对有利于共产党的电讯就发，不利的就不发。在报社干几个月后，转入海口侨民中学教书。当时有位进步教师黄力，国民党要逮捕他，吴奇勋即通过何定南通知黄力立即离开海南。当天晚上，由何定南带黄力躲在张欣（地下党员）家，第二天，便搭上了去上海的船。

1949年夏，李海峰来信，说李嘉人要到北方去，短期不能回来，要他想办法和当地党组织联系。吴奇勋到临高找王造镜，没有联系上。又回侨中当教师。暑假后，回临高二中（今新盈中学）教书，与进步教师魏汉涛（广东连县人）创作二中校歌，歌词中有"团结、紧张、严肃、活泼"语句，铿锵高昂，奋发上进。

1949年10月，他进入解放区，在琼崖西区专署工作。海南岛解放后，历任《海南日报》第三副总编辑、海南中学校长、海口市民盟副主任、海南行政区党委知识分子办公室主任、海口市教育局长、《海南日报》总编辑兼党委书记，后调海南教育处工作。他经常教育子女要勤俭朴素，团结和睦，廉洁奉公。1981年11月9日因病逝世，终年67岁。

陈诗南传略

　　陈诗南（1896—1979年），男，临高县波莲墟人。小时读私塾，因家贫辍学。1909-1912年先后在波莲永兴药堂和南宝光和药堂当药童。1913年随波莲墟名老中医庄作盛学医。庄是清末秀才，他的医术在县内外颇有名气。诗南聪明好学，虚心求教，进步很快，1919年独自行医。开始在新盈为人诊脉治病，后来走村串乡，足迹涉及全县，因疗效显著，深受群众欢迎。

　　1953年，他响应县人民政府号召，积极参与组建临高县人民政府卫生院。卫生院成立后，被聘为中医生。1956年，经考核成绩优异，被广东省卫生厅批准为中医师。1958年以后享受中级知识分子待遇。

　　他工作任劳任怨，克己奉公。有的病人从儋县、澄迈、安定、屯昌慕名而来，他都尽力医治。他善长妇科、儿科、眼科。他对医术精益求精，常向乡下草药医生搜求单方、验方、草药。临城王某，患疝气病，久治不愈。他仅用几片牛肉与蓖麻仁（红茎者更佳）、大茴等捣碎，粘于百会穴，不多久病就好了。

　　他从医60年，誉满临高，当选为历届县人大代表及县人民委员会委员。逝世后，临高县委、县人民政府为他开了追悼会。

陈贵华传略

陈贵华（1938—1986），男，琼剧、临剧演员，工小生。临高县新盈镇人。陈贵华秉性聪慧，自幼酷爱戏曲，平时爱听琼剧，也爱唱"啊罗哈"。1958 年，入艺新剧团（后为临高县琼剧团）为王兴明、毛富昌弟子，习唱小生。因其虚心刻苦，潜心学艺，执意探索，演技与日俱进。1961 年 12 月，临高县成立临剧团时，应邀加盟剧团任正生。1962 年，被派往道美琼剧研究班学习，唱演技艺日臻成熟。他相貌英俊，演戏注重人物的个性刻画。每排一出戏，他总是先仔细阅读剧本，认真分析剧本的主题思想、人物性格，并设计好何处该唱何板式，何种情况下表达何种感情以及动作的一招一式。他常说："艺术的源泉是生活，舞台的人物必须跟生活贴近，形象才会生动、感人。"因此，他的唱念做功感情细腻，所饰人物形象鲜明，各具个性特征。特别是扮演《十八相送》中的梁山伯，《张四姐下凡》中的崔文瑞等角色，唱腔流畅、圆润，韵味醇厚，人物的感情层次分明、细腻，把角色清沌重情的内涵刻画得丝丝入扣，淋漓尽致，观众无不颔首赞誉，被称之"临剧第一小生"。

黄元轩传略

　　黄元轩（1915—1968 年），男，临高县临城镇人。1935 年，考进了中山大学，攻读电气工程专业。1938 年暑假，黄元轩等几位中山大学学生回家乡进行抗日宣传，他们从县城出发，步行环游临高一周。沿途举行慷慨激昂的演说，张贴标语，历时一个月。1938 年 10 月，广州失守，黄元轩随校迁往云南澄江。1939 年，他在中山大学毕业后被分配到贵州桐梓四十一兵工厂任技术员；1943 年调到重庆第二十兵工厂当技术员，不久晋升为工程师。1949 年 10 月，解放军迫近四川，国民党安置大批炸药，准备在撤退前夕炸毁所有兵工厂。黄元轩配合进步工人群众，迅速把这些炸药拆除，保存了国家的财产。

　　中华人民共和国成立后，第二十兵工厂改名为重庆市国营长江电气厂，黄元轩继续任工程师。1953 年，黄元轩设计"巴斯顿电炉"设备，获得成功，被工厂评为甲等奖。他再接再厉，在 1954 年 10 月又设计"巴斯顿电炉"自动调温器成功，被工厂评为丙等奖。1960 年，他又解决了微电机定型中的火花大关键问题，被工厂评为年度先进工作者，并出席了重庆市先进工作者会议。1968 年 7 月，黄元轩因病逝世，享年 53 岁。

符正气传略

符正气（1895—1979年），男，又名长大，字云，临高县和庆区清平乡美迎村（今属儋州市）人。著名医务工作者。在抗日战争至解放战争时期，历任琼崖独立队总部医院、四支医院、挺支医院院长、医生。他曾以精湛的外科医术，为支队长符志行的枪伤作过二次手术，很成功。一次是从咽喉取出子弹头；一次是用消毒的细麻作手术线缝合腿部伤口。两次手术都成功，受到琼纵战士称赞。

1918年，符正气毕业于府城华美中学。青年时代，就抱爱国志愿。1927年夏，参加农军，被国民党拘捕，关押在儋县新州。后来儋临农民自卫军攻入新州，把他拯救出狱。

1928年春，他进入那大福音医院学医，成为西医外科医生。1938年秋，在儿子符志行的影响下，参加抗日宣传工作。1939年冬，大南区根据地建立后，参加革命活动。1940年12月"美合事变"后，琼崖独立队总部、特委和部分主力向东转移，为了解决200多名伤病员的安置和治疗问题，琼崖独立队第二支队政委符哥洛代表特委来到大南区，请符正气出来担任独立总队部后方医院院长。符正气上任后，无私地将家里存用的药品、医疗器材，全部献给医院。当时伤病员多，医药有困难，为了给伤病员治病，他向农村草药医生学习，搜集草药秘方。

日军得知总部留下后方医院后，常派兵搜山，寻找伤病员。他除了带领伤病员转移外，还经常冒生命危险去找粮食。

海南岛解放后，他继续行医，1965年离休，1979年1月5日，在家病逝。

符柏坚传略

符柏坚（1909—1997），男，汉族，中共党员，临高县东英镇伴康村人。他于 1927 年 8 月到广州，考取了广州第一中学。因家庭经济困难，他被迫中途辍学。返乡后，于 1932 年 2 月出任伴康小学校长，同年 8 月调任临高县立高级小学教务主任。他一面办学，一边发动群众，组织"合作会"、"育英会"，反抗地方官绅对贫苦农民的剥削压迫。为了取得斗争的合法地位，他参加了 1934 年的临高县参议选举，当选县参议员。1938 年 2 月，八路军驻穗办事处的云广英同志介绍他和詹壁、方税、韩璜 4 人去延安。1938 年 7 月，他们到洛川抗大五分校报到，被编入队组学习。同年 9 月，符柏坚由卓辛、卓君两位同志介绍，光荣加入了中国共产党。1938 年 10 月，符柏坚调往延安抗大总校学习。同年 11 月，他被编入抗大总校第三大队第二中队学习。抗大毕业后，先后任留守兵团医院指导员、国际和平医院党总支书记兼教导员。1946 年，符柏坚调任野战医院党总支书记。之后，野战医院改为西北军区第五后方医院，符柏坚担任第五后方医院党委副书记兼政治处主任。1950 年，符柏坚调任西北军区卫生部驻西安办事处政治处主任。1950 年 12 月，符柏坚调任东北军区卫生部第四医院管理局政治部主任兼军法处副处长。不久，符柏坚随这个医院跨过鸭绿江参加抗美援朝。抗美援朝胜利结束后，符柏坚奉命调回广州军区。1955 年 2 月，符柏坚调任海军南海舰队卫生部政委。1958 年，符柏坚奉命带一个工作团到海军二〇一厂领导整顿工作。1959 年，该厂划归中央一机部领导，改名为黄浦造船厂，军级单位。符柏坚被任命为厂党委书记。1961 年，符柏坚同志到北京出席工厂党委书记会议，毛泽东主席、周恩来总理、邓小平总书记在怀仁堂接见他们，并合影留念。1962 年符柏坚当选广东省党代会代表，还先后被选为广州市第五、第七届人大代表。1964 年 10 月，符柏坚调任广州市卫生局党委书记兼局长。1979 年，符柏坚被调到广州市纪委担任领导。1982 年，符柏坚任广州市纪委会顾问。1985 年 12 月离休。

符迪才传略

符迪才（1898—1967 年），男，字崇元，号振刚，临高县东江博郎村人。民国五年（1916 年）考入广东高等师范附属图工班就读。1920 年，被选送到法国留学，他刻苦学习，取得了法国理工科硕士学位，先后在法国工作 36 年。

1931 年 4 月，符迪才从法国回到家乡，在家乡办了几件好事：

一、1931 年"九·一八"事变和 1932 年"一·二八"事变相继发生后，他感到民族危机，投身抗日活动。他到加来墟及附近各村庄宣传抗日，把十九路军在上海激战的图片，向群众展览宣传，号召群众起来抗日。

二、创办夜校，进行扫盲工作。他在家乡选点办夜校，号召男女青年到夜校学习。

1933 年春，迪才应聘到广州石井兵工厂当工程师。1934 年夏，由国家选送他到瑞士攻读水电系工程学，经过 3 年苦读，获得博士学位。1941 年后，他从瑞士转到法国侨居。1967 年 2 月，在法国逝世，享年 69 岁。

符英华传略

符英华（1900.7—1995.7），男，汉族，中共党员，海南省临高县东英镇高定村人。1926年任东英乡农会主席、群悦乡乡长，1927年任琼崖西路讨逆革命军第二支队副支队长，1935年任中共临高县第三区委书记。1937年5月任中共临北区委书记，抗日战争时期，历任中共临高县委委员兼宣传部部长，临高县抗日救国委员会主任兼抗日自卫团团长，琼崖总队第三大队副队长，澄临行政联合办事处主任、临高县办事处主任、临儋联县抗日民主政府县长。解放战争时期，任临高县民主政府县长、琼崖临时民主政府财政科长、海南区渡海作战委员会副主任。海南解放后，任海南农林局人事科长、海南行政区水产局局长等职。1995年7月病逝于海口。

后　记

　　临高如画，一时多少豪杰。在这块充满神奇色彩的风水宝地上，曾经发生过多少迷人的故事，流传过多少动听的佳话，烙制过多少岁月的印记，树立过多少贤者的丰碑。为了彰表贤士，激励后昆，振兴临高，我们积极主动组织专家学者共同完成编纂《我把临高当故乡——部分外籍历任临高县级领导干部的心声》和《临高古今精英》这一艰巨任务，为建设美好临高献上一朵绚丽的小花。

　　在编纂出版恢宏巨制《临高文化丛书》之《我把临高当故乡——部分外籍历任临高县级领导干部的心声》和《临高古今精英》的过程中，我们坚持"秉笔直书，存真求实，取信当代，遗教后人"的治史原则。为了确保《我把临高当故乡——部分外籍历任临高县级领导干部的心声》和《临高古今精英》一书的客观性、真实性、准确性、全面性、科学性与权威性，编纂者尽可能广泛地收集、浏览、参阅了一些已经出版的权威文本或比较好的、有价值的著作，并引用了其中的有关资料，由于篇幅所限，未能一一注明，请予见谅。在编纂过程中，得到海南出版社及临高县委、县人大常委会、县人民政府、县政协、县各有关单位的领导和社会各界人士的大力支持，特别是海南省人民政府原副省长、省政协原副主席陈成，省政协原副主席、省委统战部原部长王应际在百忙中欣然同意担任《临高文化丛书》总顾问，海南省人民政府原副省长、省政协原副主席陈成欣然为《临高文化丛书》撰写了热情洋溢的序言。在此一并表示深切的谢意。谨向本书所引用的相关资料的作者致谢。

　　编史是一项大工程，更是一种奉献。两年多来，编纂者甘于寂寞，不厌其烦，殚思极虑，孜孜不倦，经常节假日加班加点，不图报酬。编史不忘节约，脚勤、手勤办事情，精打细算少开支。出门调研，脚踩自行车，奔波劳顿，始终不懈。办事接待，自己付钱贴补。编纂人员本着少花钱多办事的原则，处处节约，因而能够在很少经费的情况下，很好地完成了艰巨的编纂任务。

　　古人云："千淘万漉虽辛苦，吹尽狂沙始到金。"编纂工作既充满了慧眼识金的挑战及采珠撷美的激情，又有眼力不济的无奈与遗珠漏玉之憾。尽管我们本着"周乎万物，道济天下"的执着追求，自觉地承担起"为天地立心，为生民立命，为往圣继绝学，为万世开太平"的神圣责任，为求做到"为来者存真籍"，使本书成为经得起时间检验的"信史"，但由于资料搜集和史实考订困难极多，难免有疏漏和不妥之处，祈望各界人士指正。

编者

2020 年 3 月